現代短歌の行方

桑原 憂太郎
Kuwahara Yutaro

六花書林

現代短歌の行方　＊　目次

I

II　時評（二〇一九年〜二〇二一年）

装幀　真田幸治

現代短歌の行方

I

現代口語短歌のリアリズムとは

本稿は、現代口語短歌のリアリズムについて、もっぱら表現技法の面から議論するのを目的としている。

リアリズムとは、端的にいえば「現実的」ということだ。「現実」そのものではなく、あくまでも「現実的」。要するに「ウソっぽいホント」ではなく、「ホントっぽいウソ」。これがリアリズム。

だから、〈作者〉が、「これはホントのことなんですぅ」と主張したところでダメなわけで、リアリズムの議論というのは、あくまでも読む側のジャッジということになる。読者が、作品を読み、この作品はホントっぽいとかウソっぽいとかのジャッジをするのだ。そう考えると、リアリズムの議論というのは、〈作者〉の身辺で現実に起こったことなのかどうか、なんてことは、そもそも議論の範疇にはない、ということがわかるかと思う。リアリズムは、「ホントっぽいホント」でかまわないけど、「ホントっぽいウソ」でもいい。とにかく、読者に、作品の叙述がホントのことのように思わせればいい。

さて、そうなると、読者にホントのことのように思わせるためには、作品の叙述に、そう思わせるだけの表現上の技法が必要になることがわかるだろう。ホントのことを定型に嵌め込んでもリアリズムにはならない。そうじゃなく、読者にホントっぽく思わせるための、表現上の何らかの技法が必要なのだ。

では、その何らかの技法には、どのようなものがあるのか。なかでも最近の現代口語短歌でよく使用されている、リアリティを保証する技法とはどういうものか。ということについて、今回は、現代口語短歌で使われている三つの技法をみていくことにしよう。

動画的リアリズム

近代から現代にいたるまでリアリズムを保証する王道の技法といえば、いわゆる写実的とよばれる技法であった。この技法は、視点を一点に定めて時間を封じ込めるように叙述する、いわば静止画的リアリズムとでもいえる技法といえた。

瓶にさす藤の花ぶさみじかければたゝみの上にとゞかざりけり　正岡子規『竹乃里歌』
階《かい》くだり来る人ありてひとところ踊場《をどりば》にさす月に顕《あら》はる　佐藤佐太郎『地表』
電車から駅へとわたる一瞬にうすきひかりとして雨は降る　藪内亮輔『海蛇と珊瑚』

一首目。病床にいる子規の視点で、藤の花ぶさを描写している。読者は、この視点からの描写によって、これは子規が見たものを叙述しているに違いない、と確信するのだ。

二首目。〈主体〉は、夜に、マンションやビルの非常階段をタンタンと降りてくる人影を知る。そして、その人影が月のあかりで照らされている踊場に来たときに、ボウと現れた。その瞬間を叙述している。

三首目。こちらも前二首と同様の技法で叙述されている。電車のドアから駅へと渡ろうとした瞬間、〈主体〉は雨の存在を知ったのだ。

以上、こうした時間を封じ込める技法は、子規の時代から現代にいたるまで、短歌文芸では繰り返し試行され、すっかり短歌表現の様式として確立されている。

では、現代口語短歌はどうか。

カーテンの隙間に見える雨が降る夜の手すりが水に濡れてる　仲田有里『マヨネーズ』

真夜中はゆっくり歩く人たちの後ろから行く広い道の上　永井祐『広い世界と2や8や7』

椅子の上でバタ足をしてテレビ見て妹が来て横に座った

椛沢知世「ノウゼンカズラ」(「ねむらない樹」8号)

一首目。〈主体〉は、部屋の中から、カーテンの隙間越しに、雨が降っているのを見ている。ここまでは視点は動いていないのだが、その先、〈主体〉の視点は、夜の手すりへと焦点化していく。つまり、時間の経過とともに、カメラがズームインしていくかのような、視点の移動がある。

二首目。こちらは、〈主体〉の移動にあわせて、視点も同時進行的に動いているのがわかる。〈主体〉はゆっくり歩く人たちの背中でもぼんやり見ているのだろう。そうやって歩いていたら、広い道の上だったということを認知したのだ。

三首目。二〇二二年の第四回笹井宏之賞の大賞作品からの一首。「バタ足をして」「見て」「来て」「座った」と、時間の経過をダラダラと叙述しているのがわかる。

これら三首は、視点は動き、時間も流れている。そして、そのことがよくわかるように、実にダラダラとした叙述になっている。こうした、視点も時間も動いている、いわば動画的ともいえる叙述が現代口語短歌のリアリズムだ。つまり、静止画ではなく、動画を定型に嵌め込むことで、リアリティを保証させようとする技法なのである。

ただし、こうしたダラダラとした叙述が、果たして韻詩としての美質に耐えられるかどうかについては、議論の余地はあろう。すなわち、いかに技法としてリアリティが保証される叙述であろうとも、それが、韻詩として優れているかどうかについては、それはまた別の話題なのである。

独白的リアリズム

独白とは、独り言というか、心の中のつぶやきというか、そういうものだ。そして、そうした心の中のつぶやきの叙述というのは、短歌のみならず詩歌文芸の得意とするところだ。

短歌でいえば、〈主体〉の独白という設定は、〈主体〉の偽りのない心の声、みたいな感じで、設定それ自体が作品のリアリズムとして保証されよう。だから、そうした〈主体〉の独白が混じった短歌作品は、近代短歌の始まりからこれまで数多く提出されているのだが、口語短歌では、一首まるまる独白だけで叙述されている作品、というのも提出されている。

「嫁さんになれよ」だなんてカンチューハイ二本で言ってしまっていいの
俵万智『サラダ記念日』

こんなにもふざけたきょうがある以上どんなあすでもありうるだろう
枡野浩一『てのりくじら』

こうした作品が、一首まるまる独白作品、といえるだろう。さて、こうした作品、読んでみて何かぎくしゃくした感じがしないだろうか。こうした作品から受けるぎくしゃく感というのは、端的にいえば定型に嵌まっていることによるものだ。

一首目でいうと、提出された当時は、口語をうまく定型に嵌めて、当時の現代女性の感覚がリアルに叙述されている、といったような評価だったのかもしれないが、現在では、そうはならない。心の中のつぶやきが定型に嵌まっている時点で、もうウソっぽい。であるから、こうした作品は、独白としても、短歌としても、リアリティの感じられないものといえよう。

では、自分の心のつぶやきに忠実であろうとするならば、どのような叙述になるか。

カーテンがふくらむ二次性徴みたい　あ　願えば春は永遠なのか

初谷むい『花は泡、そこにいたって会いたいよ』

あっ、ビデオになってた、って君の声の短い動画だ、海の

千種創一『砂丘律』

けれど、ここまで定型をくずされると、はたして韻詩と呼んでいいのか疑問である。自由律の口語短歌という解釈は可能であろうが、これらを韻詩と認めるかどうかは、議論の余地があろう。

ならば、一首まるまる独白であり、かつ、韻詩としても認められる叙述にするにはどうすればいいだろう。

非常勤講師のままで結婚もせずに　さうだね、ただのくづだね　田口綾子『かざぐるま』

あしか見に行こうね、あしかは今日だって生活していたけれど、週末

柴田葵『母の愛、僕のラブ』

一首目。句跨りや句割れの技法を駆使して、定型から自由であるはずの独白が定型に嵌め込まれている。これまでみた作品と比べて、韻律の深化がみられよう。二首目も同様だ。句跨りでつなげながら、ぎくしゃくした感じをさせない工夫がみられる。

こうした口語短歌の一首まるまる独白作品というのは、自由なつぶやきをいかにして韻律にのせていくかという、独白と定型のせめぎ合いから、作品にリアリティを保証しようとする試行ということがいえるだろう。

会話文のリアリズム

会話文は、登場人物の肉声なのだから、それだけでリアリティが保証されているように思われる。しかし、定型に嵌め込む以上、やはりそれなりの表現上の技法が必要となる。

「酔ってるの?あたしが誰かわかってる?」「ブーフーウーのウーじゃないかな」
穂村弘『シンジケート』

ケンタおいトランプやつてゐるときは吉本隆明読むのやめろよ　荻原裕幸『あるまじろん』

「これペルーからやってきた深海魚」「見たねテレビで」「お刺身だ」「ペルー」
斉藤斎藤『人の道、死ぬと町』

前項の独白での議論と同様に、こうした一首まるまる会話文作品というのは、会話文が定型に嵌まっている、という時点で、会話が作為的になっている。つまり、こうした会話は作られた会話であり、リアリティからは遠ざかっていよう。

また、こうした一首まるまる会話文というのは、一首まるまる独白作品以上に、韻律を整えるのが難しいこともあり、近年では、このような構成は避けられるようになった。さらに、現代口語短歌では、話されている内容よりも、とにかく会話をしているといった状況がわかればいい、というような作品も提出されている。

月を見つけて月いいよねと君が言う　ぼくはこっちだからじゃあまたね
永井祐『日本の中でたのしく暮らす』

「おれの耳、血でてない?」ってうわってでてる　でてるからもうちょいあわててよ
宇都宮敦『ピクニック』

きょう食べたものを報告し合う友「あずきバーならいいよね」「いいよ」
山川藍『いらっしゃい』

こうした作品は、会話の内容に何か意味をもたせようとすると、その途端にその会話文が作為的になる、というのを避けるため、わざと何気ない会話文を挿入している、ととらえることができよう。つまり、何気ない日常でなされている自然な形の会話文を挿入することで、作品のリアリティを保証しようとする試行といえるのだ。

こうした会話文の挿入というのは、何気ない会話によって、何気ない日常性を醸し出し、そこからリアリティをもたらそうとする、現代口語短歌の表現法上の技法といえるのである。

口語短歌による表現技法の進展〜三つの様式化

現代の短歌状況を振り返ると、ここ数十年による口語短歌の進展は著しいものがあろう。その進展については多様な論点で議論できようが、短歌形式の表現技法に話題を絞るならば、口語短歌による口語ならではの技法が生まれている、ということはいえよう。それは、文語短歌では成し得なかった新しい技法であり、そして、そうした表現技法が様式化するにいたり、結果、短歌文芸の表現の幅を広げることになった、ということもいえるだろう。

一方、そうした口語短歌による表現技法の進展は、口語をいかにして短歌定型になじませるか、という試行の連続であったと指摘することもできる。そもそも、口語で発想された事柄を、そのまま口語で述べても短歌にはならない。定型意識を持ち、韻律や調べを整え修辞や統辞を施してはじめて韻詩文芸としての短歌作品になる、ということがいえるからだ。それに、どうして口語で発想した事柄を、わざわざ韻詩である短歌形式に変換して叙述するのか、という根本的な疑問もある。すなわち、口語で発想した事柄を韻詩へといわば翻訳する意義は何なのか、という疑問だ。

本稿では、そんな定型になじませるための試行や、韻詩に変換することへの疑問を抱えながら進展してきた、口語短歌による表現技法について議論することを目的としている。なかでも、現在、様式化していると思われる特徴的な技法として、1動詞の終止形、2終助詞、3モダリティ、の三つの活用による技法について取り上げる。繰り返しになるが、この三つは、口語短歌による口語ならではの表現技法であり、現在、多くの歌人がごく普通に使用している技法である。そして、それは、口語を短歌定型になじませるためにあれこれ試行し、また、口語を韻詩へ変換することへの疑問を抱えながら進展した結果、広く短歌文芸全体の表現の幅を広げることにもなった技法といえるのである。

1. たどたどしい口語短歌

そもそも口語短歌の作品とは、どのような作品をいうのか。というと、日ごろ私たちが使っている言葉で発想した事柄を、日ごろ私たちが使っている言葉で叙述している短歌作品、ということでおおむねの理解は得られるであろう。発想や叙述に、文語が一切混じっていないという点では、完全口語による短歌といってもいいかもしれない。

そんな完全口語短歌は、次のような作品からはじまった。

ハンバーガーショップの席を立ち上がるように男を捨ててしまおう

「酔ってるの?あたしが誰かわかってる?」「ブーフーウーのウーじゃないかな」
俵万智『サラダ記念日』

ケンタおいトランプやってゐるときは吉本隆明読むのやめろよ
穂村弘『シンジケート』

荻原裕幸『あるまじろん』

これら三首は一九八〇年代後半から九〇年代初頭に提出されたものである。

一首目。短歌作品といわれなければ、小説やエッセイのなかにある、若い女性の独り言の断片にしか読めないだろう。しかし、そんな断片なのに、初句六音のほかは、ちゃんと定型におさまっている。私たちは定型で独り言をいうわけではないのに、なぜか定型になっている、という体裁といってもいいだろう。なので、普通の独り言のはずなのに、その独り言はちょっとたどたどしい感じがしてしまっている。

二首目。会話体を短歌作品にしたものであるが、カッチリとした短歌定型になっている。普段の何気ない会話が定型になっているわけがないのに、なぜか定型になっている、という体裁といってもいいだろう。だから、普段使いの会話のはずなのに、その会話自体はなにかぎくしゃくした感じがしてしまっている。

三首目。他者に話しかけている発話が、どういうわけか定型になっている、というもの。こちらも、短歌作品といわれなければ、小説の中での発話の叙述とも思える。しかし、そんな発話の叙述がたどたどしい感じになっているのは、前二首と同様だ。

これら三首は、口語発想の事柄を韻詩に変換して表現する、というより、単に短歌定型に口語文体を嵌め込んだだけのもの、といえる。であるから、こうした作品は、韻詩というよりも、独り言や会話や発話の断片に過ぎないものといえよう。しかし、その断片が、短歌定型にキッチリ嵌まっているため、独り言としても会話としても発話としても、たどたどしい感じになってしまっている。

なのでこれらの作品は、短歌というにも、また、散文の断片というにも、どちらにもしっくりこない叙述となっている、ということがいえるのである。

2. 口語短歌の三つの分かれ道

そんなたどたどしい状態からスタートした完全口語短歌の作品は、続いて、どのような道のりをたどったか。というと、九〇年代に入り、大きく三つの方向性を示した。

その一つ目は、口語で発想した事柄を短歌定型に嵌め込むのをやめる、という道だ。定型に嵌めることでぎくしゃくするのだったら、いっそのこと定型に嵌めるのをやめて、口語発想のままで叙述する。自由律による口語短歌といってもいいかもしれない。

たくさんのおんなのひとがいるなかで／わたしをみつけてくれてありがとう　今橋　愛

きのうの夜の君があまりにかっこよすぎて私は嫁にいきたくてたまらん　脇川飛鳥

たすけて枝毛姉さんたすけて西川毛布のタグたすけて夜中になで回す顔
飯田有子『林檎貫通式』

自分の心の中の発想をそのまま叙述すれば、定型の意識からはずれよう。定型に嵌め込むことによるたどたどしさは克服されようが、定型からはずれている以上、韻詩ならではの韻律や調べの美質には目をつむるということになる。また、これまで短歌が積み上げてきた、短詩型でいかに修辞や統辞を施して詩歌としての芸術性を高めるか、といったベクトルも捨て去ることになる。

穂村弘は、掲出した前二首のような口語短歌を「想いに対して余りにも等身大の文体」として、「棒立ち」と名付けた（「棒立ちの歌」『短歌の友人』）。また、自分の感情をそのまま独り言として叙述するのであれば、破調が当たり前となる。そうした定型意識の「枠組み」の消失を、穂村は、「短歌的武装解除」と呼んだ（前掲書）。

しかしながら、こうした方向性による作品は、いっときは注目されたものの、その後、大きく進展することはなかった。なぜなら、韻詩文芸である短歌なのにもかかわらず、韻詩表現を洗練させていこうとする方向に向かっていない以上、短歌として進展しようがなかったのだ。

では、次に二つ目の道をみてみよう。それは、定型は意識するが、あくまでも口語発想のままで叙述しようとするため、結果、なんとなく定型になっている、という道だ。

ラジカセの音量をＭＡＸにしたことがない　秋風の最中に　五島　諭
コアラのマーチぶちまけてかっとなってさかだちしてばかあちこちすき　飯田有子
海の生き物って考えていることがわかんないのが多い、蛸ほか　穂村　弘

これら三首は、大辻隆弘がその論考「『ざっくりとした定型意識』について」（『時の基底』）で掲出した作品である。

大辻は論考のなかで、かつて小林久美子がとある批評会で言った「ざっくりとした定型意識」という言葉に「そうか」と蒙を啓かれる気分になった、と述べる。そのうえで、「その言葉は、現在の若者たちの短歌に流れる定型に対するアバウトな姿勢を、感覚的にではあるが、うまく言い表した言葉のように感じられた」（前掲書）と述べる。

これらの作品は、「棒立ち」の短歌のように無定型に突っ切るわけではない。しかし、前章で掲出した俵や穂村や荻原の作品のようなカッチリとした定型でもない。まさに、「ざっくりとした定型意識」というにふさわしい作品といえる。

そのうえ、これらの作品は、口語で発想した独り言の断片、というわけでもない。例えば、一首目の結句などは、独り言ではなく、韻詩としての詩型を意識しているともいえる。つまり、ざっくりとしているが定型意識はあるので、何となく韻詩としての韻律や調べに配慮している跡はみられるのだ。しかし、口語で発想した事柄を、なんとか定型になじませようとあれこれ試行しているわけではない。ただ、なんとなく一行詩のようなものを作ってみました、といっ

たような体裁をとっている。

当時は、こうした作品が口語短歌のひとつの方向性として提出されたのだが、やはりこの道も、新たな短歌表現として洗練されて進展していく、ということにはならなかった。なぜなら、韻詩ならではの韻律や調べを整え、修辞や統辞といったものに配慮して叙述する方向ではなく、なんとなく定型だったらそれでいい、というような形式は、やはり韻詩として進展しようがなかったのだろう。

では、最後に三つ目の道をみていこう。最後の道は、口語で発想した事柄を、なんとかして韻詩に変換して叙述していこうという道だ。発想した事柄をそのまま叙述してみました、というような自由律の体裁をとるのではなく、あるいは、ざっくりと定型の意識があればいいという体裁をとるのでもなく、韻詩ならではの韻律や調べを整え修辞や統辞を施して叙述する、という道だ。これは、口語で発想された事柄を韻詩に変換して短歌定型になじませるように叙述するという、これまでの短歌の歴史にはない新しい道であった。

さて、そうした第三の道を口語短歌が歩んでいくには、いくつもの克服するべき課題があったであろうことは想像にかたくない。そこで本稿では、次章で、そうしたいくつもの課題のなかから、口語短歌特有の文末処理の問題というのを切り口として、どのように口語短歌を定型になじませていったか、その試行の道のりをみていくことにしたい。

3．表現技法の三つの様式化

口語短歌特有の文末処理問題とは何か。というと、端的にいえば過去完了の助動詞「た」の扱いのことだ。

例えば、文語であれば、いくつもの過去形や完了形の助動詞を使って文末の処理ができる。文語の過去と完了の助動詞といえば、「き・けり・つ・ぬ・たり・り」であり、これらを駆使して時間の経過を重層的に韻律にのせる技法が文語短歌には積み上がっている。しかし、口語はというと、過去や完了をあらわす助動詞は「た」しかない。そうすると、口語短歌で、文語がこれまで積み上げてきた多様な文末処理の真似事をしようにも、到底、文語短歌の豊かな表現を越える作品は提出できるわけがなかった。

それに、文末を「た」の形で終わらすと、どうにも散文の叙述のようになり、韻詩作品としてうまくいかない、という事情もあった。

花水木の道があれより長くても短くても愛を告げられなかった　　吉川宏志『青蟬』

これは、短歌作品といわれなければ、短歌とはわからない。小説やエッセイのなかの断片にしか読めない。もちろん、わざと句跨りや字余りにして散文調の叙述にしているからなのだが、他に散文調に読める要因として、結句「た」の語尾のせい、ということもあげられよう。

①動詞の終止形の活用

では、そうした「た」によらない文末処理としては、どのような処理の仕方があるか。というと、その一つとして、過去にしないで終わらせる、すなわち、動詞を「ル形」（終止形）でおさめるという技法をあげることができる。

震えながらも春のダンスを繰り返し繰り返し君と煮豆を食べる　堂園昌彦『やがて秋茄子へと到る』

バスタブに銀の鎖を落としつつ日々は平らに光って消える　大森静佳『てのひらを燃やす』

手を伸ばし醬油の瓶を取るやうにひとりの暮らしを暮らし始める　田村元『昼の月』

それぞれ結句の「食べる」「消える」「始める」が、すなわち「ル形」である。

この「ル形」でおさめる技法は、現在ではすっかり様式化されていると思われ、こうやって並べてもさほど違和感がないかもしれないが、日本語の用法としては誤用である。これらの動詞は、すべて動態動詞と呼ばれるもので、その動詞の「ル形」は未来を表す。例えば、一首目の「食べる」であれば、これは未来を表しており、現在や過去であれば「食べている」や「食べた」となる。なので、一首目の「食べる」は、「食べている」または「食べた」「食べていた」

あたりが叙述としては正確といえる。他の掲出作品も同様である。

では、なぜ、こうした誤用が、短歌文芸ではさほど違和感もなく作品として提出されているのか。といえば、これまで議論している助動詞「た」の使用を避けるためだった、ということが理由の一つとしてあげられよう。

また、動詞の活用で考えるならば、終止形も連体形もどちらも同じ「食べる」なので、終止形ではなく連体形として受け取り、さらにそれを体言止めのような感じで受け取ることができる、ととらえることもできる。

あるいは、近年の小説文体が、こうした誤用とされる用法で叙述されるようにもなっており（橋本陽介『「た」と時間表現の謎』『日本語の謎を解く』）、そうした散文文体からの口語短歌への援用、という解釈も可能であろう。

さて、こうした「ル形」によるおさめ方であるが、口語短歌作品のなかには、近年、次のような傾向の作品も提出されている。

携帯のライトをつけるダンボールの角があらわれ廊下をすすむ
永井祐『広い世界と2や8や7』

構内に小さい庭がある駅を抜けてかわいい人と目が合う
仲田有里『マヨネーズ』

サンダルに履き替えてゴミ捨てに行く夜風に靴下が大きくなる
椛沢知世「ノウゼンカズラ」（「ねむらない樹」8号）

一首目。携帯のライトをつける、ダンボールの角があらわれる、廊下をすすむ、という三つの状況がすべて、現在の出来事として並んで叙述されている。

二首目。駅の構内を抜けてかわいい人と目が合う、という〈主体〉の行動の叙述である。これは、〈主体〉の状況を、実況しているような叙述ということができる。

三首目。ゴミを捨てに行くことと、靴下が大きくなることが、どちらも現在の状況として叙述されている。

これら三作品の「ル形」による叙述は、先述のとおり誤用である。では、こうした作品は、どのように説明したらいいのか。というと、あえて過去形や完了形を使わずに「ル形」を並べることで時間の経過を表そうとする、口語短歌の新たな試行ととらえることができよう。つまり、文語のように、完了形や過去形を駆使して時間を重層的に表現できない口語が、「ル形」を多用することで、それぞれの状況を並べて時間の経過を表すという、動画的とでもいえる叙述を新たに韻詩に持ち込んでいる、ととらえることができるのである。

②終助詞の活用

口語短歌の文末処理では、動詞を「ル形」で終わらせる用法の他に、次のような用法が試行された。

マガジンをまるめて歩くいい日だぜ　ときおりぽんと股《もも》で鳴らして
たぶん口をとがらせてるね　だまったきりひとさし指をまわしてる、ふん
バック・シートに眠っていい　市街路を海賊船のように走るさ
加藤治郎『サニー・サイド・アップ』

加藤治郎の八〇年代に提出された作品から三首掲出したが、注目したいのは「いい日だぜ」の「ぜ」、「とがらせてるね」の「ね」、「海賊船のように走るさ」の「さ」だ。

こうした「ぜ」「ね」「さ」の助詞は終助詞とよばれるが、この終助詞の効果的な使用が、口語短歌ならではの文末処理を生み出したのだった。終助詞の使い方いかんで、作品がまったく別なものになるのだ。例えば、「いい日だぜ」ではなく、「いい日だな」や「いい日だね」や「いい日だわ」と、終助詞の一音を変えるだけで、〈主体〉の性別や性格といったキャラクターづけ、あるいは、独り言なのか相手に発している発話なのか、そして、発話であれば、その相手との関係性、すなわち、親しいのかそれほどでもないのか、年上なのか年下なのか、といったところまで表せるのだ。

これは文語では成し得ないことだった。文語にも終助詞はある。「か、よ、かな、なむ」とか「や、を、し」（この三つは間投助詞ともいうが、文末におけば終助詞と用法は同じになる）といったものだ。これで、感嘆や詠嘆や強調や願望や希望といったものをあらわす。しかし、これらは中性的なものだから、これだけでは男性の感嘆か女性の感嘆かはわからない。それに、

そうした終助詞を使用したからといって、その人物のキャラクターもわからないし、相手がいるとして、その相手との関係性もわからない。

つまり、口語と文語では、終助詞といっても、その様態は大きく異なっており、さらに、口語にとっては、こうした終助詞の活用が、口語ならではの豊かな表現を可能にしているともいえるのである。

また、こうした終助詞の活用は、口語発想の事柄をなぜ韻詩に変換するのかという疑問にも、ひとつの回答を示した。

例えば、小説に代表される散文であれば、登場人物の人物造形というのは、たくさんの言葉を費やして、しっかりと彫琢するものであり、それこそが小説表現の醍醐味みたいなものなのであろうが、短歌ではとてもじゃないがそんなことはできない。そんな短歌で、たった一音で人物造形ができる、というのだ。こうした終助詞の扱いこそが、口語発想の事柄をわざわざ韻詩にいわば翻訳して表現する大きな意義のひとつといえるだろう。

そのうえ、こうした終助詞の一音で登場人物の人物造形をしてしまおう、という発想もまた、口語短歌特有のものだ。主人公をどんなキャラクターにして、作品のなかでどんな風に動かしたらいいか、といったような発想は、少なくとも〈作者〉の主観や境涯を詠う〈私性〉に重きをおくこれまでの短歌文芸では、ありえないものだったといえるだろう。

さて、こうした終助詞の活用は、現在、多くの歌人によって多くのヴァリエーションを伴って使用されるにいたった。それは、まさに短歌文芸全体の表現の幅を広げるものとなった、といっていいだろう。

例えば、最近の「短歌研究」（二〇二二年五月号）の特集「三〇〇歌人新作作品集」をみても、終助詞を活用した作品はいくつもある。

体調が崩れやすいよ三月は少し寒くて少し温《ぬく》くて　池田はるみ
氷鬼に触れたらできた青痣を忘れられないように見ててね　山崎聡子
そこからこの手紙は飛んできたのだな磯ひよどりの来るといふ窓　渡辺松男

三人の作品を掲出したが、それぞれ、「崩れやすいよ」の「よ」、「見ててね」の「ね」、「きたのだな」の「な」が終助詞だ。もし「崩れやすいよ」の「よ」が、「ぜ」や「な」や「わ」や「ね」や「さ」だったら、〈主体〉のキャラクターや〈主体〉をとりまく状況が大きく変わっていくことがわかるかと思う。

③モダリティの活用

口語短歌の文末処理の解決策の三つ目として、作品を、独り言や他者への発話といった話し言葉で叙述する、という方策がある。話し言葉であれば、語尾に「た」をつけずとも自然な表現で文末処理ができる。

ところで、そんな独り言や他者への発話といった話し言葉の文末は、話し手の判断や態度を表していることが多い。この話し手の判断や態度の部分を「モダリティ」という。例えば、「私はカレーが食べたい」という命題を独り言として叙述するなら、「カレーにするか」と「カレーでも食べるか」とかになる。この時の、「か」とか「でも」というのが「モダリティ」である。

あの青い電車にもしもぶつかればはね飛ばされたりするんだろうな

永井祐『日本の中でたのしく暮らす』

下句に注目したい。「はね飛ばされ」る、という命題に「たりするんだろうな」という〈主体〉の判断や態度である「モダリティ」がくっついている。このように、文末に「モダリティ」がやたらとくっついているのが、日本語の話し言葉の特徴だ。

もし、ここの部分を強引に文語にするならば「はね飛ばせられたりするならむか」となって、多分、文語文としては成立しないと思う。

つまり掲出作品のような、話し言葉で叙述している作品というのは、完全に口語発想の韻詩といえ、文語では表現しようがないものだ。そして、文末に「モダリティ」が多用されたことで、調べもまた独特なうねりを醸し出しており、〈主体〉の屈折した感情を調べでも表している、ということもできよう。

お名前何とおっしゃいましたっけと言われ斉藤としては斉藤とする
斉藤斎藤『渡辺のわたし』
アメリカのイラク攻撃に賛成です。こころのじゅんびが今、できました
なんこつのピリカラ揚げに（あわよくば）レモンかけちゃってもだいじょうぶ？
〇〇年代に入り、斉藤斎藤が「モダリティ」をうまく活用した作品を提出した。こうした作品は、対話を韻詩へと変換したことで、キャラクターの造形から、作品の背景から、何となれば現代日本の社会構造などといった巨大な主題までも一気に提示できることを示した。また、こうした対話は、〈作者〉が疑似的につくりあげた対話といえる。一章で掲出した俵や穂村や荻原の作品にあった、独り言や会話や発話の断片をそのまま切り取ったような体裁の作品とは明らかに違っている。斉藤斎藤の作品は、対話が作為的なのだ。それは、俵や穂村や荻原の作品にみられた、対話の叙述にリアリティを持たせつつ、かつ定型に嵌め込もうという意識とは指向が異なっている。斉藤斎藤の作品は、定型を利用することで、我が国の社会構造といったような巨大な主題を、いわば社会の一断面として描写しようとする試みといえた。こうした定型を利用する意識というのも、口語短歌の進展ととらえていいだろう。

一首目。「お名前何とおっしゃいましたっけ」の「っけ」が「モダリティ」の用法。敬語を使うような間柄なのに、ひどくぞんざいに扱われている〈主体〉の立場が、この「モダリティ」によってわかる。この「っけ」という「モダリティ」によって、現代社会の中のかけがえのな

い個である〈私〉、といったような巨大な主題を、現代社会の一断面として鮮やかに描写することに成功したのだ。

二首目。あえて疑似的な対話形式で構成したことで、〈主体〉の発言の欺瞞性や信憑性がうかがえる作品になった。そもそも、「アメリカのイラク攻撃に賛成です」というような、命題だけで「モダリティ」のない対話をする場面というのは、どういう間柄でもありえない。「あなたは、アメリカのイラク攻撃に賛成ですか、反対ですか」と聞かれない限り、こうした返答にはならない。街頭や電話によるアンケートの返答場面が考えられなくもないが、その場合でも「賛成です」とは答えるかもしれないが、「アメリカのイラク攻撃に賛成です」なんていう返答というのは、談話能力が疑われよう。なので、あくまでもこれは疑似的な対話場面なのだ。そして、そうした場面を設定したことで、この〈主体〉の返答も、果たして本心なのかそうではないのかについて、読者は判断を留保しなくてはいけなくなる、という作用をもたらしているのだ。

三首目は、〈主体〉のキャラクターを「ちゃっても」といった「モダリティ」で表現した。しかし、くだけた言い方によって、居酒屋でそこそこ親しい人たちと過ごしているのがわかる。しかし、そこそこ親しい間柄であっても、なんこつのピリカラ揚げにレモンをかけることについては、それなりの「モダリティ」を必要としているということから、現代社会の人間関係の構築の難しさ、といったようなことがわかるのだ。そして、そうした対話を韻詩形式に変換したことで、現代社会の一断面として鮮やかに表現することができたのだ。

鼻のながい和尚が鼻をちぢめたら笑われたよな？　また伸びたよな！　工藤吉生
犬が窓、座ってた、駆け抜けていく、眺める、ってぜんぜん娯楽すね　平出　奔
ライダーもウルトラマンもいないんだ、知ってた？　喘息の夜はさびしも　森本　平
（「短歌研究」前掲）

「モダリティ」を活用した表現技法は、先にみた終助詞の活用と同様に、現在、多くの歌人によって普通に口語短歌の技法として使用されている。それは、一首目のような、疑似的な対話のほかに、二、三首目のような、対話と情景の叙述の組み合わせだったりと、〇〇年代とはまた違ったヴァリエーションが提出されている。

以上、口語短歌による新しい表現技法として、1動詞の終止形、2終助詞、3モダリティ、の三つの用法をあげた。

これらの表現技法は、口語で発想した事柄を、短歌定型になじませようとあれこれ試行した結果、現在では、多くの歌人によって普通に使用されるにいたった技法である。そして、こうした表現技法の活用とともに口語短歌は進展したといえよう。また、こうした技法の浸透によって、広く短歌文芸全体の表現の幅が広がることにもなった、ということがいえるのである。

現代口語短歌によるリアリズムの技法

「リアリズム」とは何か。というと、ものすごく簡単にいえば「現実的」ということだ。ここで、注意をしなくてはいけないのは、「現実」ではなく「現実的」。「的」がついているということ。つまり、「現実」そのものではないのだ。これが、短歌を含む文芸一般では、決定的に重要な点だ。

要するに、「現実そのもの」ではなく「現実のような」表現が、広く「リアリズム」なわけだ。

この「リアリズム」について、穂村弘は次の歌を例示して論を展開した（「〈リアル〉であるために」『短歌の友人』）。

うめぼしのたねおかれたるみずいろのベンチがあればしずかなる夏　　村木道彦

「うめぼしのたね」に圧倒的なリアリティがある、という。もし、ベンチにあるのが「うめぼしのたね」ではなく、「コカコーラの缶」や「図書館の本」だったらどうだろう。そんなものより、「うめぼしのたね」のほうが、よりリアリティがある、というのが穂村の主張だ。

さて、この穂村の主張を首肯するとして、ではなぜ、「コカコーラの缶」や「図書館の本」よりも、「うめぼしのたね」のほうがリアリティがあるのか、という問いが生まれるのだが、この点については、ここでは深入りはしないでおこう。

とりあえず、ここでは、短歌を含む広く文芸の世界一般でいわれる「リアリズム」というのは〈作者〉によって創出されるもの、ということが確認できればいいだろう。つまり、「リアリズム」というのは、「現実そのもの」ではなく、あくまでも〈作者〉によって創出される「現実のようなもの」、ということである。

近代短歌の静止画的「リアリズム」

では、次に、そうした「リアリズム」を表現するために、短歌の世界では、どのような表現技法が進展していったかをみていこう。ただし、「リアリズム」を創出する表現技法というのは、現在までいっぱいあって、それぞれに進展がみられている。そこで、今回は、「時の流れ」に注目して、その技法をみてみたい。

まずは、近代短歌作品から。

近代短歌作品にみられる「時の流れ」というのは、一瞬だ。近代短歌は、一瞬の「時の流れ」を短歌にいかに閉じ込めるか、その表現方法をあれこれ試行し、技法にまで高めた。

瓶にさす藤の花ぶさみじかければたゝみの上にとゞかざりけり　正岡子規『竹乃里歌』
階《かい》くだり来る人ありてひとところ踊場《をどりば》にさす月に顕《あら》はる　佐藤佐太郎『地表』
赤茄子《あかなす》の腐れてゐたるところより幾程《いくほど》もなき歩みなりけり　斎藤茂吉『赤光』

一首目。一瞬の「時の流れ」を閉じ込めるというのは、いうなれば、写真芸術のようなものだ。構図をきちんと定めて、シャッターを押して時間を閉じ込める。短歌の場合、シャッターを押すのは、〈作者〉だ。この作品でいえば、病床の子規の視点がそのまま写真の構図となっていよう。病床にいる子規の視点で描写されているからこそ、この作品には「リアリズム」が生まれているのだ。

二首目。ビルの非常階段の踊り場が、月の光に照らされている。その踊り場に、上の階から階段を下ってくる人がボウとあらわれた。その一瞬を逃さず、シャッターを押した、ということだ。こちらは、まさしくシャッターチャンスをのがさずに、月に照らされている踊り場に人があらわれた一瞬を作品にしたということだ。

三首目は、写真芸術に重ね合わせるのとは、ちょっと違う。これは、作品の主人公の、一瞬の閃光のようなものを作品にしたとでもいえようか。主人公は、ちょっと前に道端でトマトが腐っているのを目にした。その記憶が、少し歩いて、閃光のように蘇ったということだ。作品の主人公が、「あ」、と思い出した瞬間を作品にしている、と説明したらわかりやすいか。この

「あ」と思い出した一瞬が、短歌ならではの「リアリズム」といえよう。

以上、三首ほどみたが、このように、一瞬の「時の流れ」を永遠に閉じ込めることで、短歌は「リアリズム」を表現する技法を獲得したのである。

こうした「リアリズム」は、写真の構図や一瞬のシャッターチャンス、あるいは、主人公の閃光のようなものを短歌作品にしている、ということで、極めて写真的といえるだろう。つまり、これらの作品にみられる「リアリズム」は、「静止画的リアリズム」とでも呼べるものだ。

現代口語短歌の動画的「リアリズム」

では、次に、現代口語短歌の先端部分をみてみよう。現代の口語短歌は、どのように「リアリズム」を表現しているか。

携帯のライトをつけるダンボールの角があらわれ廊下をすすむ　永井祐『広い世界と2や8や7』

カーテンの隙間に見える雨が降る夜の手すりが水に濡れてる　仲田有里『マヨネーズ』

あれは鳶そっくり文字で書けそうな鳴き声だなと顔あげて見る　山川藍『いらっしゃい』

一首目。携帯のライトをつける、ダンボールの角があらわれる、廊下をすすむ、という三つの状況がすべて現在の出来事として並んで叙述されている。

二首目。カーテンの隙間から雨が降っているのが見える。ぼんやりと見ていると、手すりが雨に濡れているのを認識した、という叙述になっている。

三首目。鳶のような鳴き声が聞こえている、まるで文字に書けそうな鳴き声だと主人公は思う、そして、空を見て鳶が飛んでいるのを確認する。

どうだろう。先にみた、子規や佐太郎や茂吉の表現とは明らかに違うことがわかるだろう。これが、現代口語短歌の、最先端の「リアリズム」の表現技法だ。

一首目は、主人公が携帯のライトを頼りに暗闇を歩いている姿を実況しているかのようである。二首目は、主人公がカーテンの隙間から見ているものが、だんだんと手すりへと焦点化していくのを進行形であらわしている。三首目なら、主人公の頭のなかの認識を進行形で叙述して、最後に顔をあげる動作をやはり進行形で叙述している。三首とも時間がダラダラ流れているのが実感できるかと思う。

先に見た近代短歌の「リアリズム」が一瞬を永遠に閉じ込める「静止画的リアリズム」ならば、これらは、時間がダラダラと流れる、いわば「動画的リアリズム」とでもいえるものだ。

さあ、ここからが、今回の議論の核心になる。

近代短歌が「静止画的リアリズム」で、現代口語短歌が「動画的リアリズム」だとして、では、なぜ、現代口語短歌はこんな「動画的リアリズム」の手法をとるようになったのか。

つまり、近代短歌がやってきた、「静止画的リアリズム」を口語短歌でも踏襲すればいいのではないか。なぜ、現代口語短歌はわざわざ「動画的リアリズム」なんていう新しい技法で

「リアリズム」を表現しているのか。

実は、こうした「動画的リアリズム」について、既に、次のような指摘がある。


まず作中の〈私〉が移動する場合、歌の場面も切り替わるという点である。（中略）それは歌の空間的な拡散を招く。空間的な拡散は印象の拡散につながり、一首の凝集力を低下させる。（中略）

空間的な拡散以上に短歌にとって重大になるのは時間的な拡散である。（中略）空間的な拡散以上に時間的拡散は、歌の結像性を弱める。私たちはこのような歌を読むとき、明確な視覚的像を描くのが難しい。

（東郷雄二「口語によるリアリズムの更新」角川「短歌」二〇二一年八月号）


こうした指摘にもかかわらず、「動画的リアリズム」が現代口語短歌の世界で増産されているのは、なぜか。

というと、口語短歌特有の文末処理の問題があるため、というのが、今回の本稿の主張である。

では口語短歌特有の文末処理問題とは何か。というと、端的にいえば、過去完了の助動詞「た」の扱いのことだ。

例えば、文語であれば、いくつもの過去形や完了形の助動詞を使って文末の処理ができる。

文語の過去と完了の助動詞といえば、「き・けり・つ・ぬ・たり・り」であり、これらを駆使して時間の経過を重層的に韻律にのせる技法が文語短歌には積み上がっている。しかし、口語は、というと、過去や完了をあらわす助動詞は「た」しかない。そうすると、口語短歌で、文語がこれまで積み上げてきた多様な文末処理の真似事をしようにも、到底、文語短歌の豊かな表現を越える作品は提出できないのである。

　では、そうした「た」によらない文末処理としては、どのような処理の仕方があるか。というと、その一つとして、過去にしないで終わらせる、すなわち、動詞を「ル形」(終止形)でおさめるという技法をあげることができる。

と、ここまで理解が進んだところで、永井と仲田と山川の作品をもう一度みてみよう。これら三作品は「ル形」を使って「時の流れ」をそのままダラダラと叙述している。こうした手法は、あえて過去形や完了形を使わずに「ル形」を並べることで時間の経過を表そうとする、口語短歌の新たな試行といえないか。つまり、文語のように、完了形や過去形を駆使して時間を重層的に表現できない口語が、「ル形」を多用することで、それぞれの状況を並べて時間の経過を表すという、新たな試行をしている、ととらえることができないだろうか。

　つまり、口語は、文語とは違う文法体系である以上、文語とは違う表現方法でもって、口語ならではの「リアリズム」を創出しているのではないか、というのが今回の主張だ。

短歌作品の「心内語」の効果と深化について

短歌の世界の三つの〈私〉

次にあげる作品の〈私〉は誰か。

瓶にさす藤の花ぶさみじかければたゝみの上にとゞかざりけり　正岡子規『竹乃里歌』
革命歌作詞家に凭りかかられてすこしづつ液化してゆくピアノ　塚本邦雄『水葬物語』
終バスにふたりは眠る紫の〈降りますランプ〉に取り囲まれて　穂村弘『シンジケート』

一首目。この作品の〈私〉は誰か。といえば、そんなもの〈作者〉の正岡子規に決まっている、と誰もがみんな答えよう。病床にいる子規が見たものを、子規が詠った、ということだ。ということで、この作品については、今のところは、異論はなさそうである。

二首目。この作品の〈私〉は誰か。といえば、塚本邦雄だ。と、いいたいところだけれど、それは違う。〈作者〉は誰かと聞いているのではない。「作品の〈私〉は誰か」と聞いているのだ。この作品の〈作者〉は塚本だけど、液化していくピアノを見ているのは、塚本ではない。多分、塚本は、革命歌作詞家に会ったことはないだろうし、だんだんと液状になっていくピアノなんて見たこともないだろう。と、書いたところで、何をバカなことをいっているのだ、という声が聞こえてきそうだ。革命歌作詞家とか、液化するピアノとか、そんなものフィクションに決まっているじゃないか、と。けれど、フィクションとするなら、なおさら、作品の〈私〉は、〈作者〉ではない。〈作者〉が〈作者〉のアタマの中でこしらえた「誰か」ということになる。この「誰か」、小説世界なら、一般に〈主人公〉とか〈作中人物〉と呼ぶ。短歌の世界では、一九八〇年代以降、〈作中主体〉とか〈主体〉という呼称で、この作品の中の〈私〉を呼ぶようになった。つまり、その頃より、短歌の世界では、〈作者〉とは異なる〈私〉を呼ぶための呼称が必要になったのだ。

さて、問題は三首目だ。この作品の〈私〉は誰か。さあ、これは難問だ。終バスで眠っている二人を見ている人物だろうか。それとも、眠っている二人のどちらかだろうか…。もし、これが小説世界ならこの問題は簡単に解ける。この作品は、小説世界でいうところのいわゆる「地の文」と呼ばれるもので、それは、〈語り手〉によって語られていると解釈される。物語の〈主人公〉は、二人のうちのどちらかで、その〈主人公〉の様子を〈語り手〉が「地の文」で語っているのだ。けど、短歌の世界では、〈語り手〉と同様の概念は、残念ながら今のところは存在していないようだ。つまり、この問題は、そもそも答えが存在していないのだ。なので、小説世界の呼称を援用して、そのまま〈語り手〉と呼んで、問題の解決をはかることにしよう。つまり、作品の〈私〉は誰か、という問いの答えは、〈語り手〉ということにしよう。ちなみに、この作品の〈主体〉は、といえば、これは、眠っている二人のどちらか、ということになる。

さあ、これで、短歌の世界には、三つの〈私〉があらわれた。すなわち、〈作者〉の〈私〉、〈作中主体〉の〈私〉、〈語り手〉の〈私〉、の三者である。

と、議論が進んだところで、一首目に戻ろう。

この作品の〈私〉は、〈作者〉でホントにいいのか。

ここまでの議論を踏まえるならば、藤の花を見ているのは、〈主体〉であり、藤の花を見ている〈主体〉の様子を語っているのは、〈語り手〉なのだ。〈作者〉の子規は、それを叙述しているのであり、作品の中に〈作者〉は存在していないのである。それは、『吾輩は猫である』という小説のなかに夏目漱石が存在していないのと同様で、あの小説の〈主人公〉は「猫」であり、そしてその「猫」が〈語り手〉である、という設定で、小説世界が展開しているのだ。

とにかく、短歌の世界でも、小説世界と同様に、作品の中に〈作者〉は存在しない、ということにしないと、どうにもつじつまが合わない事態にまで進展した、ということを確認して、議論を先に進めよう。

短歌の世界の「心内語」

では、次の作品の〈私〉は誰か。

のぼり坂のペダル踏みつつ子は叫ぶ「まっすぐ?」、そうだ、どんどんのぼれ
佐佐木幸綱『金色の獅子』

戦争が(どの戦争が?)終ったら紫陽花を見にゆくつもりです
荻原裕幸『あるまじろん』

一首目。「のぼり坂のペダル踏みつつ子は叫ぶ」は、〈語り手〉の語りの部分だ。「まっすぐ?」は、子の発話だ。では、「そうだ、どんどんのぼれ」は何か。というと、ここは、〈主体〉の心の中の声といえよう。こうした、〈主体〉が「心の中で語った言葉」を「心内語」という。なので、この作品には、〈語り手〉の〈私〉と、「心内語」によって出現した、〈主体〉の〈私〉の二者の存在が確認できる。

二首目。この作品も一首目と同様に、〈語り手〉の語りのなかに、カッコで〈主体〉の「心内語」が挟まっているととらえれば、すっきりする。

このような〈語り手〉の語りのなかに「心内語」を挿入するという用法は、短歌の世界に大きな効果をもたらした。それは、「心内語」をあたかも〈作者〉の肉声のように表現することができる、という効果である。一首目の「心内語」は、まるで、父親である〈作者〉がペダルを踏んでいる我が子に呼びかけているかのように読者に響いてくるではないか。また、二首目の「心内語」は、作品世界に〈作者〉が参入してくるメタフィクション的な面白さがある。

こうした効果は、小説世界の「心内語」と比べるとわかりやすい。小説世界の「心内語」は、一部のメタフィクション的な作品を除けば、あくまでも〈作中人物〉のそれである。しかし、短歌の世界では、「心内語」を挿入することによって、〈主体〉ではなく〈作者〉が作品に出現したような錯覚を読者はしてしまうのだ。

では、どうして、そんな錯覚を読者はしてしまうのか。というと、そもそも短歌は短いので、〈語り手〉が語る文体に、〈主体〉の状況を「心内語」を交えて叙述するほどの余裕がないからだと考えられる。また、短歌の世界では、小説世界での「心内語」の用法と、そのアプローチが異なっている、ということもいえよう。すなわち、小説世界では、〈作中人物〉の状況を叙述する方法のひとつとして、「心内語」を用いているのに対し、短歌の場合は、〈作者〉の心の声をどうやったら作品で表現できるか、という動機によって「心内語」が活用された、ともいえるからだ。

さて、「心内語」を用いた短歌作品には、〈語り手〉の登場しない、〈主体〉の「心内語」だけの作品というのも提出されるようになった。

こんなにもふざけたきょうがある以上どんなあすでもありうるだろう

枡野浩一『てのりくじら』

欲しいとか欲しくないとかくだらない理屈の前に奪ったらどう?

加藤千恵『ハッピーアイスクリーム』

どちらも「心内語」だけで作られている作品だ。〈主体〉ではない、〈作者〉自身の内なる声、心の叫びのように感じよう。しかし、この二つの作品、何かぎくしゃくした感じがしないだろうか。それは、端的にいうなら、定型におさまっているからである。もともと「心内語」は、心の中の言葉であるから、定型の意識とは遠いところにある。そうした遠い意識にあるものを、あたかも、そのまま言葉にしたら定型におさまったかのように詠うから、どうしてもぎくしゃくしてしまうのだ。

逆説的にいうなら、自分の心の中の言葉というのは、そもそも定型とは関係のないところで生まれるものであり、短歌にしようとするとそれは定型から外れていくものだ、といえよう。

では、定型から外れていくと、どんな作品になるか。

たくさんのおんなのひとがいるなかで／わたしをみつけてくれてありがとう
今橋愛『O脚の膝』

きのうの夜の君があまりにかっこよすぎて私は嫁に行きたくてたまらん
脇川飛鳥

こうした作品について、穂村弘は、「想いに対して余りにも等身大の文体」として、「棒立ち」と名付けた（「棒立ちの歌」『短歌の友人』）。

自分の心の声をそのまま作品にしようとするなら、定型への意識は遠くなり、破調が当たり前となる。そのうえ、これまで短歌が積み上げてきた、短詩型でいかに修辞や統辞を施して詩歌としての芸術性を高めるか、といったベクトルも捨て去ることになる。これを穂村は、「短歌的武装解除」と呼んだ（前掲書）。つまり、心の声をそのまま詠ったら短歌になったという体裁をとる「心内語」作品は、これまで短歌が積み上げてきた技法、すなわち、句またがり、対句、反復、体言止め、比喩など、を捨て去ることで、〈主体〉の思いをダイレクトに届けようとする試行だったといえよう。

「心内語」作品の深化

さて、最近になって、「心内語」を用いた短歌作品に、新たな深化が確認できるようになった。

非常勤講師のままで結婚もせずに　さうだね、ただのくづだね　田口綾子『かざぐるま』

理科室のつくえはたしかに黒かった　そうだよ　ふかく日がさしこんだ　宇都宮敦『ピクニック』

目を閉じてしまいあぶない階段でむずかしいこと言わんといてよ　山川藍『いらっしゃい』

一首目。すべて「心内語」で構成されている。しかし、この韻律の深化はどうだろう。ぴったり定型の音数を句またがりでつなげて、結句七音できちんとおさめている。下句の句またがりの屈折した調べが歌意と共鳴しており、修辞への配慮も感じられる。「棒立ち」からの決別だ。そして、この〈主体〉の「心内語」は、先ほどまでの議論を踏まえるならば、〈作者〉の肉声ではないか、と読者に錯覚をさせるという効果も生んでいる。すなわち、〈作者〉である田口綾子という女性が、非常勤講師で、独身で、自分のことを「くず」だと卑下している、と読者に錯覚させせてしまうのだ。短歌の世界は、文体を深化させたがために、正岡子規の頃へと時代が逆行してしまったかのようである。

二首目と三首目の「心内語」の深化は、一首目とは、また違った様相をみせる。二首目の「そうだよ」は「心内語」だが、「理科室のつくえはたしかに黒かった」「ふかく日がさしこんだ」は、何か。「心内語」だろうか。それとも、〈語り手〉の語りであろうか。どうにも判然としないのだ。これは、短歌形式の短さによる判断の難しさである。現代口語短歌のなかには、このような〈語り手〉の語りと〈主体〉の「心内語」が混然としている文体が確認できる。

同様に三首目も、〈語り手〉の語りと〈主体〉の「心内語」が混然としている文体といえる。「階段でむずかしいこと言わんといてよ」は、終助詞の「よ」からして、「心内語」と判断できようが、「目を閉じてしまいあぶない」は、〈語り手〉の語りともいえるし、〈主体〉の「心内語」ともいえる。

短歌の世界では、こうした〈語り手〉と〈主体〉が混然となった文体の出現が現時点で確認できる。こうした混然となった文体は、少なくとも小説世界の文体では出現していないだろう。短歌の世界特有のもの、といえるのではないか。

現代口語短歌の〈私性〉

短歌の世界で、〈私性〉については、これまでも多様な論点で多様な議論がなされている。そうした議論のなかで、短歌の〈私性〉を、世界に二人としていない「かけがえのない私」を詠うこと、と単純に設定するならば、その「かけがえのない私」をどのように詩歌として表現するのか、という表現法上の探求についてもまた、論題の一つとしてあげることができよう。

一方、現代の短歌状況に目を向けると、現代口語短歌の進展には目覚ましいものがある。そんな現代口語短歌を、〈私性〉の表現法上の探求という視点からとらえるならば、これまでとは違う新たな表現技法が生まれている、と主張することもできるだろう。そして、そのような表現技法の創出というのは、とりもなおさず、近代から現代にいたる短歌文芸の進展ととらえることも可能であろう。ただし、そうした口語短歌の表現技法の創出を短歌文芸の進展と主張するのであれば、これまで探求されてきた短歌文芸の表現様式について振り返っておくことも必要であろう。

そこで本稿では、これまで短歌の世界で探求されてきた〈私性〉の表現様式を振り返ったうえで、現代口語短歌では、どのような〈私性〉の新しい表現技法がみられているかを議論する。そして、それらの議論から、他の文芸にはみられない短歌文芸ならではの表現技法について確認したいと思う。

1. 短歌の世界の三つの〈私〉

まず、短歌の世界に限ったことではないが、広く文芸で〈私性〉を議論するときには、〈私〉をいくつかのレベルに分け、そのうえで、どのレベルの〈私〉について議論しているのかを確認しないと、議論が混乱する。

実際に短歌作品に即して、〈私〉をレベル分けしていこう。

瓶にさす藤の花ぶさみじかければたゝみの上にとゞかざりけり　正岡子規『竹乃里歌』

たはむれに母を背負ひて／そのあまり軽きに泣きて／三歩あゆまず　石川啄木『一握の砂』

「この味がいいね」と君が言ったから七月六日はサラダ記念日　俵万智『サラダ記念日』

一首目。この作品の〈私〉は誰か。というと、正岡子規、といいたいところだが、それは違う。おそらく子規は病床で瓶にささっている藤の花を見ていたとは思うが、作品の〈私〉は、子規ではない。子規は、あくまでも、この作品を叙述した〈作者〉であり、作品の中にいる

〈私〉は〈作者〉ではない。この作品の〈私〉、小説の世界であれば、〈主人公〉とか〈作中人物〉という名称で呼ばれている。短歌の世界では、一九八〇年代頃より〈作中主体〉とか〈主体〉という名称で呼ばれるようになった。そこで、本稿でも短歌の世界の慣例に従って、作品の中の〈私〉を〈主体〉と呼ぶことにしよう。

二首目。〈作者〉である啄木が、果たして、実母を背負ったのか、泣いたのか、三歩も歩めなかったのか、についてはさだかではないが、〈主体〉が、母を背負い、泣き、歩めなかったのは、そのように〈作者〉が叙述している以上、確かなことである。

三首目。〈作者〉が七月六日をサラダ記念日としたのではなく、君に「この味がいいね」と言われた〈主体〉がこの日を記念日としたのだ。

と、〈作者〉と〈主体〉の二つに〈私〉を分けたが、この二つだけでは説明がつかない〈私〉も短歌作品には存在する。

終バスにふたりは眠る紫の〈降りますランプ〉に取り囲まれて　穂村弘『シンジケート』

この作品の〈私〉は誰か。眠っている二人のどちらかだろうか、それとも、その二人を見ている誰かだろうか。

この作品は、小説世界でいうところのいわゆる「地の文」と呼ばれるもので、小説世界では、〈語り手〉によって語られていると解釈される。物語の〈主人公〉は、二人のうちのどちらかで、その〈主人公〉の様子を〈語り手〉が「地の文」で語っている、ということだ。そこで、本稿でも、小説世界の用語を援用して〈語り手〉と呼ぶことにしたい。

これで、〈私〉を三つに分けることができた。すなわち、〈作者〉の〈私〉、〈主体〉の〈私〉、〈語り手〉の〈私〉の三つである。

では、子規の作品に戻って、三つの〈私〉を確認しよう。ここまでの議論を踏まえるならば、作品の中で、藤の花を見ているのは、〈主体〉であり、藤の花を見ている〈主体〉の様子を歌に詠んでいるのは、〈語り手〉となる。〈作者〉の子規は、それを叙述しているのである。

と、〈私〉を三つのレベルに分けたが、しかしながら、この〈私〉の三分類については、小説世界ならまだしも、短歌文芸には今一つしっくりこないというのが実情ではないだろうか。〈私〉は三つあると主張したところで、それを受け取る側である読者としては、多くの近代短歌で〈作者〉と〈主体〉は同一にしか感受できないし、ましてや〈語り手〉の〈私〉など登場させずとも、作品を十分に解釈することができる、というのが一般的な意見ではないだろうか。

子規の作品でいえば、これは子規の実体験に違いないと誰もが確信するであろう。〈主体〉だの〈語り手〉だのを持ち出さずとも、あの作品は、病床にいる子規が子規の目線で見たものを子規が詠っているのだ、と。すなわち、あの作品は、子規という「かけがえのない私」の歌なのだ、という確信だ。

では、そうした確信を持つことができるのはなぜであろうか。

その理由の一つは、作品解釈の前提として、近代短歌で詠われていることは、〈作者〉の

「主観」にほかならない、という短歌の世界独特の了解のためであろう。短歌の世界の、読みの作法のようなもの、といってもよい。すなわち、作品で詠われていることは、〈作者〉の見たことや感じことや考えたことである、という前提のもとで私たちは作品を鑑賞すること、そして、そこで詠われている〈作者〉の情感を感受したり、〈作者〉の叙述による修辞や韻律を味わったりすること、こうした読みこそが短歌の正統的な読みだ、という作法である。子規の作品でいえば、子規の見たことが詠われているという前提の上で、病床の子規の心情に思いを馳せたり、子規ならではの修辞表現や韻律を味わったりする、というのが正統的な作品感受であるという了解だ。そして、その了解によって、これは子規という「かけがえのない私」の歌だと読者は確信にいたっているのである。

　こうした読みの立場にたつならば、とにかく、作品で詠われている以上、〈作者〉が見ているものは、畳に届いていない藤の花である、として読者は感受するしかない。ただし、〈作者〉が病床で本当にそれを見ていたのかどうかは、もっぱら読者側の一方的な思い込みにしかならない、ということは指摘しておきたい。病床で、本当に藤の花が畳に届いていなかったかどうかなんて、〈作者〉のほかはわかりっこないのだから。そういうわけで、こうした読みというのは、作品に詠われてあることは本当のことである、ということにしておかないと、その作品は感受できないということにもなる。筆者が、読みの作法のようなもの、と主張する理由はこの点にある。

　他方、理由のもう一つとしては、表現技法による点をあげることができる。すなわち、「かけがえのない私」を詠っているに違いないと読者が確信するかどうかは、作品の表現技法上の違いによる、ということだ。子規の作品であれば、子規の実体験に違いない、と誰もが確信するとして、では、他に提出した啄木や俵や穂村の作品ならどうだろうか。啄木は、自分が母親を背負った実体験を作品にしたと確信できるか。俵が七月六日にサラダを作り、君に「この味がいいね」と言われた実体験を作品にしたと確信できるか。あるいは、穂村が終バスで眠っていたことを実体験として作品にしたと確信できるか。というと、多くの読者は、子規ほどの確信を持てないのではないだろうか。

では、子規の作品では、〈作者〉の実体験が詠われていると感じ、他方、啄木や俵や穂村の作品ではそれほどまでに感じないのは、作品に表現技法上のどういう違いがあるからなのだろうか。

2.〈私性〉を彫琢する二つの技法

「私」のことを詠っていれば、〈私性〉ということにはならない。いくら実体験であろうが、短歌文芸で〈私性〉を彫琢するには、そのための技法というものが必要になる。つまり、実体験なら実体験らしく表現するための技法が必要なのである。

では、そんな技法とは何か。

近代短歌で〈私性〉を彫琢させる技法、それを端的に示しているのが、「感覚の同一化」と、

「時間の重層化」とでも呼べる二つの表現技法である。

（1）感覚の同一化

先ほどから例示している子規の作品がわかりやすいが、〈主体〉と〈語り手〉との感覚を同じものとして描写すると、実体験らしくなる。子規の作品なら、感覚というのは「視覚」であり、〈主体〉と〈語り手〉の「視覚」が同一化されているのだ。

つまり、作品で〈主体〉が〈語り手〉となって、〈主体〉が感じたことだけを語っているように〈作者〉が叙述する、あるいは、〈主体〉が見えているものと同じものを同じ目線で〈語り手〉もまた見えているように語る。こうした技法は、感覚を「視覚」に限定をすれば、短歌の世界の、いわゆる「写生」と呼ばれている技法とほぼ同義といえよう。短歌の世界では、現在にいたるまで様々な「写生」作品が提出され、短歌の表現技法として様式化していった。

髄《すね》立ててこほろぎあゆむ畳には砂糖のこなも灯《ひ》に光り沁む　　北原白秋『白南風』
階《かい》くだり来る人ありてひとところ踊場《をどりば》にさす月に顕《あら》はる　　佐藤佐太郎『地表』
電車から駅へとわたる一瞬にうすきひかりとして雨は降る　　藪内亮輔『海蛇と珊瑚』

一首目。小さい昆虫であるこおろぎが脛を立てて歩いている様を観察している視点、砂糖の極小の粒を凝視している視点、そうした微細なものに対する眼差しにもかかわらず、〈主体〉

と〈語り手〉の視点が寸分違わず、同一化して叙述されているからこそ、まさに「かけがえのない私」が見ているに違いないと読者は確信するのだ。

二首目。こちらは〈主体〉の優れた観察眼による「写生」作品。幻想的かつ精緻に状況を描写できるのは、この〈主体〉以外にはありえないと思わせる表現力。それを同一の視点で〈語り手〉が語っている。こんな観察眼を持つ〈私〉は、世界に二人といない「かけがえのない私」に違いないと、読者は確信するのだ。

三首目は、現代の作品から。ほんの一瞬に見えた状況を描写する瞬間性。〈主体〉が感じた一瞬を、〈語り手〉が同一化した感覚で写し取ったことで〈私性〉が表出した。

このように、〈主体〉と〈語り手〉の「視覚」が同一化することで、〈主体〉の見たものがそのまま〈作者〉によって叙述されている、と読者は感受する。

では、こうした作品と、他の作品と比較してみよう。

先に掲出した、穂村の作品はどうか。〈語り手〉の視点は〈主体〉と同一ではない。〈語り手〉は〈語り手〉の視点で〈主体〉を観察している。そして、その視点はというと「降りますランプ」へと移る。〈主体〉は眠ったままである。

俵の作品でいうと、七月六日をサラダ記念日にした、というのは、〈主体〉の考えを〈語り手〉が語っている場面の叙述だ。下句でいえば「だから私は、七月六日をサラダ記念日にした」といった「地の文」を韻文に直したものだ。〈主体〉の〈私〉と〈語り手〉の〈私〉は、それぞれ別の役割を担っている。こうした作品に出会うと、読者は〈私性〉に確信が持ちにくくなる。歌会などでこうした作品が提出されたりすると、記念日は七月六日でいいのか、とか、料理はサラダでいいのか、とかといった、いわゆる短歌の世界でいうところの、動くとか動かないとかの議論になりがちなのは、要は、どういうコトやモノであれば実体験らしくなるかという議論をしていることにほかならないためだ。

啄木の作品も俵作品と同様の構造である。下句でいえば「軽さに泣いてしまい、私は三歩も歩めなかった」という〈語り手〉が語った「地の文」を韻文にしたものといえる。

(2) 時間の重層化

短歌作品には、「感覚の同一化」とは違う方法で、「かけがえのない私」を表現する技法もある。それが、作品の中にいくつかの時間を重ねて叙述する技法である。

わたつみの方を思ひて居たりしが暮れたる途《みち》に佇《たたず》みにけり　　斎藤茂吉『つゆじも』

この作品には、三つの時間の叙述がある。

すなわち、〈主体〉が、わたつみの方を思っていた時間、暮れた道に佇んでいた時間、佇んでいたことを認識した時間、の三つである。

大辻隆弘によれば、この作品で三つの時間を叙述できるのは、「ひとえに『たり』『き』『ぬ』『けり』といった助動詞や『て』『が』といった助詞の機能に拠っている」からだという(「多元化する『今』」『近代短歌の範型』）。そのうえで、大辻は「茂吉を始めとした近代歌人たちは、万葉集由来の助詞や助動詞の機能を駆使しながら、このような客観的な時制を表現する精緻な技術を開発した」（前掲書）とする。

作品の中に流れる時間を重層的に描写することで、〈作者〉である〈私〉が、〈主体〉の〈私〉を通して、「そう考えたに違いない」という、〈作者〉の「主観」を読者に感受させることができるのだ。世界に二人としていない「かけがえのない私」の実体験として、読者には強い説得力をもって迫ってくる。また、「感覚の同一化」での議論と同様に、作品の中に〈語り手〉の〈私〉の存在を必要としていないことも確認しておきたい。

昼間みし合歓《かうか》のあかき花のいろをあこがれの如くよる憶ひをり　宮柊二『群鶏』
微笑して死にたる君とききしときあはれ鋭き嫉妬がわきぬ　相良宏『相良宏歌集』
さっきまで飲みいし店も橋越えて春の灯《ともし》の一つになりぬ　吉川宏志『石蓮花』

昼に見た合歓の花の色を夜に思い出したことを認識した一首目、君の死顔の表情を聞いたときに嫉妬の気持ちがわいたことを認識した二首目、先ほどまで飲んでいた店の灯りがぼんやりとともっているのを認識した三首目。三首とも、茂吉の作品と同様の構成となっている。こうした、いわば大過去、中過去、小過去、といった三つの時間を重層的に叙述する技法が様式化されたことにより、こうした時間の描写によって、〈主体〉の一連の動作や意識は、〈作者〉の実体験に違いない、と読者に強く思わせるようになった。

以上、「かけがえのない私」を彫琢する端的な技法として、「感覚の同一化」と「時間の重層化」の二つをあげた。近代短歌は、こうした表現技法を洗練させていくことで、「かけがえのない私」である〈作者〉の「主観」を叙述することに成功したのである。

3. 現代口語短歌の〈私性〉

では、現代口語短歌は、どのような技法で〈私性〉を表現しているだろうか。本稿では、現代口語短歌の作品から注目される〈私性〉の表現技法として次の三点を指摘したい。すなわち、新しい「写生」、制御される「時間」、〈主体〉と〈語り手〉の「混然」、の三つである。

(1) 新しい「写生」

現代口語短歌では、近代短歌が洗練させていったこれまでの「写生」とは明らかに違う技法を用いた「写生」表現がみられる。

カーテンの隙間に見える雨が降る夜の手すりが水に濡れてる　仲田有里『マヨネーズ』

真夜中はゆっくり歩く人たちの後ろから行く広い道の上　永井祐『広い世界と2や8や7』

あっ、ビデオになってた、って君の声の短い動画だ、海の　千種創一『砂丘律』

一首目。注目は「見える」。〈主体〉は雨を見ているのではない。雨がカーテンの隙間から見えているに過ぎない。〈語り手〉は、〈主体〉の見えている夜の雨や濡れた手すりを、〈主体〉に代わって語っている。こうした〈主体〉の非主体的な態度からは、〈作者〉の「主観」を感じることはできない。まして、子規の作品の〈主体〉のような、藤の花を入念に見つめている姿を感じることはない。また、他の作品にみられた、畳の砂糖粒を凝視したり、暗闇に人影を観察したり、雨を薄い光に感じたりするような〈主体〉の姿もない。ただ〈主体〉の目に映っているカーテンの隙間からのぼんやりとした風景を、〈語り手〉が語っているだけである。こうした語りは、これまでの「写生」とは明らかに違う。そして、「カーテンの隙間に見える雨が降る」といったねじれた文体というのは、〈主体〉の見えたものをそのまま〈語り手〉が「写生」した語りということができる。こうした語りによって、〈語り手〉の〈私〉は、強い存在感をもって作品に現れるようになった。

二首目。〈主体〉はゆっくり歩く人たちを見て、その後ろを歩き、広い道であることを認識する。そうした、〈主体〉の動作や意識の流れを、〈語り手〉が忠実に「写生」した結果、どうにもおかしな語りになってしまっている。そうしたおかしな語りによって、〈語り手〉である〈私〉の存在が作品に色濃く反映する結果となっている。

三首目。〈語り手〉が「写生」に徹しようとすると、定型からはずれていく例といえる。〈主体〉の目に見えているものや意識に上ったことをそのまま言葉にして語ろうとすると、定型意識が薄れていくのだ。

また、これらの作品というのは、〈作者〉の「主観」を無くしたいという希求が、こうした語りを求めたともいえよう。とにかく〈主体〉が目に見えたものや意識に上ったことだけを、〈作者〉の「主観」を通さずに作品で表現したい、という希求である。その結果、作品には、〈作者〉の〈私〉ではなく、〈語り手〉の〈私〉の存在が不可欠となった。

さらにいうと、〈作者〉の「主観」が希薄になっているため、これまでの近代短歌の「読みの作法」といったものも必要がなくなった。なぜなら、作品で描写されているのは、〈作者〉の見たことや感じたことや考えたことである、という前提が崩れたからだ。読者は〈作者〉の〈私〉ではなく、〈語り手〉の語りを感受すればよいのである。

こうして、現代口語短歌では、〈語り手〉の〈私〉のくっきりとした出現により、新しい「写生」とでも呼べる表現技法を用いた作品が提出されるようになった。

(2) 制御される「時間」

近代短歌が時間を重層的に叙述することで「かけがえのない私」を表現できるようになったとすれば、現代口語短歌は時間を自在に操ることで〈私性〉を表現している。

雨の県道あるいてゆけばなんでしょうぶちまけられてこれはのり弁　　斉藤斎藤『渡辺のわたし』

イルカがとぶイルカがおちる何も言ってないのにきみが「ん？」と振り向く

初谷むい『花は泡、そこにいたって会いたいよ』

フルーツのタルトをちゃんと予約した夜にみぞれがもう一度降る　土岐友浩『Bootleg』

一首目。〈主体〉の視点が動いていること、つまり時間が流れていることがはっきりとわかる作品である。例えるなら、ハンドカメラが、雨の県道を映しながら移動して、のり弁を発見してズームアップで静止した感じである。では、こうしたカメラの動き、すなわち〈主体〉の視点を操作しているのは誰か。というと、それは〈作者〉といいたいところだが、違う。〈語り手〉である。作品のなかの時間を操るのは〈語り手〉の役割である。繰り返しになるが、〈作者〉は、それを叙述する役割だ。〈語り手〉は、ある時点は詳しく語り、ある時点は端折って語る。たまに、読者に話しかけたりもする。こうした作品のなかの時間の操作や自在な語りは、〈主体〉にはできないことであり、〈語り手〉の特権といえる。

二首目。一読、〈主体〉がイルカショーの様子をリアルタイムで語っているように読めるが、そうではない。〈語り手〉による時間の操作が行われている。すなわち、イルカショーでは、イルカが泳いだり、潜ったり、餌をもらったり、という多くの動作がある中で、ある時点だけを〈語り手〉が選択をしているのである。であるから、〈語り手〉によって巧妙に時間が制御されているのだ。そして、その時間の制御によって、それぞれの時点が注目され、それぞれの時点ごとの「かけがえのない私」が叙述されているのである。

三首目。こちらも構造上は二首目と同じである。ちゃんと予約した時点、みぞれが降った時点、もう一度降る時点、の三つの時点が〈語り手〉によって語られている。

このように現代口語短歌は、時間を動かしたり止めたりして〈私性〉を描いている。こうした時間の制御は、ひとえに〈語り手〉の語りに委ねられているのである。

もうひとつ、これらの作品はすべて現在形終止で語られていることにも注目したい。つまり、過去や完了の助動詞を駆使して、大過去、中過去、小過去といった精緻な時制を表現するのではなく、〈語り手〉は、〈主体〉の動作や心の動きを現在形で語っている。

では、なぜ過去形ではなく、現在形で語られるのか。というと、これは〈語り手〉をどの時点に立たせるかという、〈作者〉の歌作上の戦略といえる。〈語り手〉を現在の時点で語らせることにより、叙述する〈私〉である〈作者〉とは、〈語り手〉の時間域が違うことを明示している、ということができる。〈語り手〉は、作品の中で、過去や現在や、何となれば未来の時点でさえも立って語ることができるわけで、それはすなわち、作品の中の〈私〉でなければできない、ということを明らかに示しているのである。

(3)〈主体〉と〈語り手〉の「混然」

現代口語短歌には、〈語り手〉と〈主体〉の「心内語」が混然となった〈私〉、というのが確認できる作品もある。

「心内語」というのは、登場人物の心の中の言葉を表したもので、小説世界では一般にカッコで表されることが多い。「太郎は（ああ、もうダメだ）と思った」というような文章だったら、（ああ、もうダメだ）が「心内語」だ。

短歌の世界でも、「心内語」を用いた作品はこれまでに提出されており、現代口語短歌とは、よくなじんでいる。

逃げてゆく君の背中に雪つぶて　冷たいかけら　わたしだからね
田中槐『ギャザー』

この作品でいうと、四句目までは、〈語り手〉の語りである。「逃げていく君の背中に私は雪つぶてを投げた。それは、冷たいかけらであった」といったような「地の文」を韻文にしたものだ。そして、結句が〈主体〉の心の中の言葉、すなわち「心内語」である。短歌作品では、カッコ書きで示されないことの方が多いが、この作品のように「心内語」とすんなり解釈できよう。

では、次の作品群はどうか。

廃村を告げる活字に桃の皮ふれればにじみゆくばかり　来て
東直子『春原さんのリコーダー』

理科室のつくえはたしかに黒かった　そうだよ　ふかく日がさしこんだ
宇都宮敦『ピクニック』

目を閉じてしまいあぶない階段でむずかしいこと言わんといてよ　山川藍『いらっしゃい』

一首目。初句からは〈語り手〉の語りだ。では、結句の「来て」は何だろうか。〈語り手〉の語りだろうか、それとも、〈主体〉の「心内語」だろうか。というと、これは判然としない。どちらにもとれるのだ。なぜ、判然としないのかというと、「来て」が短すぎるせいだろう。こうしたいわば、どっちつかずの〈私〉といったような〈私性〉の創出は、他の文芸にはない、短歌独特のものといえる。いうなれば、短さを利用して判然としない叙述で口語らしさをみせているといえよう。そういうわけで、こうしたどっちつかずの〈私〉というのは、他の文芸には不可能な、短歌独特の〈私性〉の表現技法といえる。

二首目。「そうだよ」は「心内語」だが、「理科室のつくえはたしかに黒かった」「ふかく日がさしこんだ」は、何か。「心内語」か。それとも、〈語り手〉の語りか。どうにも判然としない。

同様に三首目も、〈語り手〉の語りと〈主体〉の「心内語」が混然としている。「階段でむずかしいこと言わんといてよ」は、終助詞の「よ」からして、「心内語」と判断できようが、「目を閉じてしまいあぶない」は、〈語り手〉の語りともいえるし、〈主体〉の「心内語」ともいえる。

現代口語短歌には、こうした〈語り手〉の語りと〈主体〉の「心内語」の混然が現時点で確認できる。こうした〈私〉の混然は、少なくとも小説世界の文体では出現していないだろう。

短歌の世界特有のもの、といえるのではないか。

以上、現代口語短歌で、新しい〈私性〉の表現技法として注目されるものとして三点あげた。こうした表現法上の進展は、短歌の世界の〈私性〉表現の進展といってもよいだろう。また、最後にあげた〈主体〉と〈語り手〉の〈私〉の混然については、他の文芸にはみられない、短歌文芸による新たな〈私性〉表現の出現といえるのではないか。

新しい「写生」の可能性

現代口語短歌では、これまでの「写生」作品とは違う、新しい「写生」とでもいえる短歌作品が提出されているのではないか、というのが今回の内容である。

「写生」とは何か。

というと、短歌の世界では、いろんな理念がいろんな歌人によって議論され、なんだかとても複雑になって、まるで密教の教義のようになってしまっている感じもするけど、今回はごくシンプルに「私が見たモノやコトを見たままに表現すること」としておきたい。

これまでの「写生」

瓶にさす藤の花ぶさみじかければたゝみの上にとゞかざりけり　　正岡子規『竹乃里歌』

この作品でいえば、病床にいる作者の子規が見た藤の花を、子規の視線でそのまま詠んでいる、と解釈できよう。ということで、これはまさしく「写生」作品だ。

短歌の世界では、現在にいたるまで様々な「写生」作品が提出され、短歌の表現技法として様式化していった。

髄《すね》立ててこほろぎあゆむ畳には砂糖のこなも灯《ひ》に光り沁む　北原白秋『白南風』
階《かい》くだり来る人ありてひとところ踊場《をどりば》にさす月に顕《あら》はる　佐藤佐太郎『地表』
天北野はや日昏れたりうつくしき乳ゆらせつつ牛等帰りゆく　松川洋子『聖母月』

一首目。小さい昆虫であるこおろぎが脛を立てて歩いている様子、畳の砂糖粒が光っている様子、それらをじっと観察しているのがわかるだろう。

二首目。月夜である。ビルの非常階段のようなものを誰かが下っているらしい。その階段の踊り場に月の光がさしていて、階段を下る人をぼおっと照らしたわけだ。その様子を遠くから観察して一首に仕上げている。

三首目。かつて北海道の天塩地区の北部は天北と呼ばれていた。現在のサロベツ原野あたりであろうか。その原野の日暮れ、乳牛が舎に戻る場面を詠んでいる。乳牛の歩く描写を「乳ゆらしつつ」と描写したところがまさしく「写生」であり、この表現で、乳牛の歩みを読者は鮮やかにイメージできるのである。

と、ここまでが、これまでの「写生」。では、次に新しい「写生」へ、と進みたいところだけれど、その前に少し寄り道が必要。作品のなかの〈私〉について、押さえておかなくちゃいけない。なぜかというと、作品の〈私〉について押さえておかないと、これから提出する「写生」作品がどう新しいのか、いまひとつピンとこないからだ。

短歌の世界の三つの〈私〉

短歌の世界には、三つの〈私〉がある。

よく、作品のなかの登場人物を〈作中主体〉とか〈主体〉とか言って〈作者〉の〈私〉と区別することがあるだろう。つまり、作品の〈私〉は〈作者〉ではありませんよ、というサインだ。先にあげた子規の作品であれば、作品で藤の花を見ているのはあくまでも〈主体〉の〈私〉であって、子規は、それを叙述している〈作者〉の〈私〉なんですよ、ということだ。けど、短歌の作品には、〈作者〉と〈主体〉の他にも〈私〉は存在する。

終バスにふたりは眠る紫の〈降りますランプ〉に取り囲まれて　穂村弘『シンジケート』

この作品のなかの〈私〉は誰か。〈主体〉は眠っている二人のどちらかだろう。では、降りますランプに囲まれているその二人を見ているのは誰か。というと、これは〈語り手〉の〈私〉ということになる。

〈語り手〉というのは、小説であれば「地の文」を語っている人物だ。

小説『走れメロス』であれば、〈語り手〉は「メロスは激怒した」と語っている。〈主人公〉

はメロスで、〈作者〉は太宰治だ。小説『吾輩は猫である』であれば、〈語り手〉は「吾輩は猫である。名前はまだない」と語り、〈主人公〉は猫で、〈作者〉は夏目漱石だ。

これを短歌の世界に当てるとどうなるかというと、子規の「瓶にさす～」であれば、そう語っているのは〈語り手〉であり、主人公である〈主体〉は、藤の花を見ている人物であり、〈作者〉は正岡子規だ。

さあ、短歌の世界の三つの〈私〉がわかっただろうか。すなわち、〈作者〉の〈私〉、〈主体〉の〈私〉、〈語り手〉の〈私〉だ。

ただし、多くの近代短歌は、〈主体〉や〈語り手〉の〈私〉を持ち出さなくても、普通は読み解ける。子規の作品を読んで、良い歌だなあ、としみじみ思うのは、〈作者〉である子規の視線が作品の中にきちんと存在しているからだ。先にあげた、白秋や佐太郎や松川にしても同様だ。〈作者〉の揺るぎない視線によって歌が成立している。こうした、作者の揺るぎない視線のことを、短歌の世界では「主観」といったりする。より正確にいえば、「主観」とはすなわち「〈作者〉の見たことや感じことや考えたこと」であり、これまでの「写生」作品というのは、そうした〈作者〉の「主観」が、作品にきちんと反映されている、ということがいえるだろう。

新しい「写生」

現代口語短歌では、近代短歌が洗練させていったこれまでの「写生」とは明らかに違う技法を用いた「写生」表現がみられる。

カーテンの隙間に見える雨が降る夜の手すりが水に濡れてる　仲田有里『マヨネーズ』

雨の県道あるいてゆけばなんでしょうぶちまけられてこれはのり弁　斉藤斎藤『渡辺のわたし』

飛行機のすっかり少ない青空をあんなに高く飛ぶのはカモメ　佐野書恵「真っ黒カラス」（「太郎と花子」22号）

一首目。注目は「見える」だ。〈主体〉は雨を見ているのではない。雨がカーテンの隙間から見えているに過ぎない。そして、〈語り手〉は、〈主体〉の見えている夜の雨や濡れた手すりを、〈主体〉に代わって語っている。こうした〈主体〉のぼんやりとした態度からは、〈作者〉の「主観」を感じることはできない。まして、子規の作品の〈主体〉のような、藤の花を入念に見つめている姿を感じることはない。また、他の作品にみられた、畳の砂糖粒を凝視したり、暗闇に人影を観察したり、揺れる乳牛の乳に刮目したりする〈主体〉の姿もない。ただ〈主体〉の目に映っているカーテンの隙間からのぼんやりとした風景を、〈語り手〉が語っているだけである。こうした語りは、これまでの「写生」とは明らかに違う。〈作者〉の「主観」が感じられない分、〈語り手〉の存在が浮上しているのだ。また、「カーテンの隙間に見える雨が降る」といったねじれた文体というのは、〈主体〉の見えたものをそのまま〈語り手〉が「写生」した語りということができる。こうした語りによって、〈語り手〉の〈私〉は、強い存在感をもって作品に現れるようになった。

二首目。〈主体〉の視点が動いているのがよくわかる作品だ。県道を歩いて、のり弁を見つけたのは〈主体〉だが、それを実況中継のように語っているのは〈語り手〉だ。それに、「なんでしょう」なんて読者に問いかけることができるのは、〈語り手〉にしかできない特権といえよう。また、結句の「これは」のダイクシスにも注目したい。〈語り手〉が〈主体〉の状況を同時進行で実況しているから「これは」なのだ。これが、もし、過去の追憶として〈作者〉が叙述する体裁をとるならば、「それはのり弁（だった）」になるのだ。

三首目。現代短歌の先端部分をうまく取り込んでいるのがわかる作品。コロナ禍で飛行機の運航本数が少なくなったことと、空にカモメが飛んでいることを順に「写生」している。『飛行機のすっかり少ない青空』というややこなれていない日本語は、〈主体〉の意識に上ったことを〈語り手〉がそのまま〈作者〉の「主観」をまじえずに語っている、という体裁をとっているためだ。そして、そのまま青空を見ていたら、カモメが高いところを飛んでいるのが目に入った、と〈語り手〉が語っている。こうした状況をもし、〈作者〉の「主観」による「写生」作品にするならば、カモメが空高く飛んでいる様子だけをしっかりと描写するはずであり、飛行機が飛ばないことを叙述することは到底できなかったであろう。作品の中に〈語り手〉が存在しているからこそ、このように「写生」することができたのだ。

以上、三首ほどあげたが、これらの作品群は〈作者〉の「主観」を無くしたいという希求が、こうした語りを求めたともいえよう。とにかく〈主体〉が目に見えたものや意識に上ったことだけを、〈作者〉の「主観」を通さずに作品で表現したい、という希求である。その結果、作品には、〈作者〉の〈私〉ではなく、〈語り手〉の〈私〉の存在が不可欠となった。

さらにいうと、〈作者〉の「主観」が希薄になっているため、読者にとっては、これまでの近代短歌の読みとは違う読みが求められている、ともいえる。なぜなら、作品で描写されているのは、〈作者〉の見たことや感じたことや考えたことである、というわけじゃないからだ。読者は、〈作者〉の〈私〉ではなく、〈語り手〉の語りを感受するように読みが誘導されている、ともいえよう。

こうして、現代口語短歌では、〈語り手〉の〈私〉のくっきりとした出現により、新しい「写生」とでも呼べる表現技法を用いた作品が提出されるようになったのではないか、というのが、今回の結論だ。

II

短歌は大衆的であるべきだ、是か非か

昨年（二〇一八年）の角川「短歌」七月号と八月号の論考特集「短歌とポピュラリティ」は、いい企画だった。二回にわたって計九人の論者が、短歌と大衆性との関係について論じたのだが、「短歌って大衆的なの？」という下世話な話題にとどまらず、そもそも「短歌とは何か」という、かなり遠いところまで射程に入れることのできるテーマだった。ディベート風にいえば「短歌は大衆的であるべきだ、是か非か」という感じか。

高野公彦の論考「精霊のささやき」（角川「短歌」二〇一八年七月号）は、この論題をいわば是の立場で論じたものといえた。辞世の歌や『きけ　わだつみのこえ』や新聞歌壇を取り上げながら、いわゆる境涯詠、生活即短歌的な立ち位置で「短歌とは何か」を議論した。歌人ではない非歌人もまた歌を作っていると述べて、「そして歌人と非歌人との間に境はなく、地続きである。じつはその『地続き』という点に短歌のポピュラリティ（大衆性）の特性があると思う」（カッコ内原文）と明快に論じた。

他方、石井辰彦の論考「ポピュラリティという名の不名誉」（同誌同月号）は、非の立場で論じたものといえる。短歌は「文学ジャンル」であるとし、現在ポピュラリティを獲得しつつあるものとして書肆侃侃房の歌集の幾冊をあげ（ただし、書名はあげていない）、「これら今を時めく作品群が『文学』と呼んでもよい水準にあるものかどうか、取り敢えずは疑問である」と述べる。こちらも、短歌を「文学ジャンル」と規定した上で、今を時めく作品群が「文学」水準にあるものかどうか取り敢えずは疑問、と明快に論じた。（なお、石井の論考は、この先、新たな論点を提出して展開するのだが、紙幅の都合上、措く）。

この二本の論考は「短歌とは何か」という深い話題について、論者が旗幟を鮮明にして論じており、読み応えがあった。

なお、「短歌って大衆的なの？」と自問し、現状を見渡して「うーん、短歌って、イマイチ大衆的とはいえないよね」と認識しちゃうと、話は途端につまらなくなる。こう認識しちゃうと、「じゃあ、大衆的にするにはどうしたらいいの？」と下世話な思考をめぐらすことになり、結果「短歌をメジャーなジャンルにしよう」みたいな運動論的展開となって、高野や石井とは違う話題になるし、そもそもこの運動論的展開は、あんまり突っ込んだ議論にはならない。

そりゃあ、短歌が今よりも大衆受けしてメジャーになるのは嬉しいことに違いない。けど、歌人が、歌人じゃない人にも短歌を読んでもらいたい、なんて言い出して、実際に運動しはじめたりすると、間違いなく大衆迎合的な創作活動に陥るから、やめた方がいいと筆者は思う。現代短歌のいちばんの利点は「実作者＝読者」、すなわち「純粋読者」がいないことなんだから、そこは崩さないほうがいい。ならば、「短歌をメジャーなジャンルにしよう」という運動論の模範解答は、といえば、それは「実作者を増やす」ということに尽きる。ここに至ると、もはや議論ではなく、いかに実作者を増やすかというミッションとなり、各歌人が各々の能力に応じて成し遂げていく運動ということになり、現実に、短歌の世界ではそうなっていよう。

ともかく「短歌は大衆的であるべきだ、是か非か」という論題。皆さんは、どんな立ち位置で立論するだろう。恐らくは、各々の短歌観にまで思考をめぐらすことのできる深い話題と思うので、すぐに答えを出そうとせず、たっぷり時間をかけて、自分はどんな立場なのかを考えるのも、今年一年の計としていいと思うのだが、どうだろう。

「基本的歌権」なんて放っておけ

「短歌研究」二〇一八年十二月号は、恒例の一年を回顧する座談会。今年は、「読み」の話題があがるとは思ったが、そのものずばり「基本的歌権」なるワードが見出しにあって、ちょっとひいた。このワード、詳しく知りたい方は、この座談会や、角川「短歌」二〇一八年十二月号の富田睦子「歌壇時評」を参照されたい。私見では、これまでは歌人の人権を侵害さえしなければ、いかなる作品批評も許されたが、いまは作品にも人権同様の歌権があるのだから、その権利を侵害するような批評はダメ、という「読み」に関するワードだ。

ずいぶんとまあ手前勝手な権利だと筆者には思うし、だいたい、そんなことといいだしたら、人間の良し悪しと同じく、作品の良し悪しをはかる評価の基準のようなものがなくなって、歌会に提出される歌の全部がいい歌というような、「みんな違ってみんないい」みたいな、批評の存在自体がなくなってしまう懸念も生まれてこよう。

ただ、その一方で、そもそも歌会というのは、そんなアナーキーな場でいいとも筆者は思っている。

なにか、私たちには「いい歌」の基準みたいなのが、どこかにあるのかもしれないと思っているフシがあるが、それは錯覚だと思う。「いい歌」の基準は私たち一人一人にあるのだ。そういうワガママが許されるのが、文芸なり芸術なりのジャンルだ。

考えてみたらよい。私たちが数多ある小説から、読みたい小説を選ぶのは自分が「いい」と思うからだろう。だから、カネを払い、貴重な時間を使って読む。「よくない」と思ったら読まない。音楽や映画だってそうだ。自分が「いい」と思うからカネと時間を使い、愉しむ。だったら短歌だってそうだろう。

先の「短歌研究」十二月号では、「平成の名歌」アンケートなんていう、総合誌らしい企画もやっているが、各人が「平成の名歌」を選ぶというのは、つまるところ、各人がこれは「名歌だ」と思ったものを選んでいるのだ。

結社の主宰者や選者の評価基準が秀歌の基準だと思うのは、アナクロもはなはだしい。それは、自分の評価基準が狭まるというだけであって、おもちゃ箱をひっくり返しているような現代の短歌状況から、年長者に、その年長者が「いい」と思っているおもちゃを与えられているに過ぎないと思う。

ついでにいうと、「かつて、厳しい批評を受けたから、作歌の腕が上達した」なんてのも、幻想だと思う。単純に、評価のバリエーションが増えただけのことで、つまり、「私の歌って、こんな評価のされ方もあるのね」というだけの話である。

自分が、「いい」と思ったら、言葉を尽くしてその歌の良さを語ればいい。それは、評論でも一首評でも何でもいいけど、私たちにとって、いちばんてっとり早いのは、歌会だ。

「基本的歌権」というのは、「歌権」なんていいながら、実は「どの歌も生まれながらに良いよね」という「詠み人」のヌルい弁解のようなものだ。そうじゃなくて、自分は歌会の「詠み人」であると同時に「読み人」であることを忘れてはならない。歌会では批評に言葉を尽くせ。それは、すべて、自分のシアワセにつながる。なぜならば、私たちは、作品の「読者」であると同時に作品の「実作者」であるのだから。ある作品の良さを語ることは、自分の作品の良さの基準を示すことになる。自分が「いい」と認めるものが、自分の実作するジャンルの基準となるのだ。自分で評価の基準を決められるなんて、実作者にとってこれほどシアワセなことはないじゃないか。

口語短歌の最前線の作品を読もう

短歌ムック「ねむらない樹」が好調だ。昨年（二〇一八年）夏に発刊の創刊号は増刷されたというし、二〇一九年に発刊の2号もアマゾンでしばらく歌集ランキングのトップだった。創刊号の編集後記にある編集長の「若い歌人たちの受け皿」というコンセプトのとおり、若い歌人向けの内容となっている。そして、実のところそうした内容を欲していた購読層が結構な数で潜在していた、というのが、好調の理由といえるだろう。

2号の特集は「第一回笹井宏之賞」（未発表五十首）の発表だったが、これに三八四編もの応募があった。このことも、こうした新人賞を欲していた層が結構な数で潜在していた、というあらわれであろう。同じ時期に発表された「第三十回歌壇賞」（「歌壇」二月号）は、三七三編（未発表三十首）の応募だったから、笹井宏之賞は、第一回目にしてこれまでの総合誌の新人賞よりも多い応募数があったということだ。笹井宏之賞の権威性を担保するという意味でも、この応募者の多さは良いことであろう。（ちなみに、直近の角川短歌賞は六〇一編、短歌研究新人賞は五四五編。また、二〇〇六年で終了した歌葉新人賞の初回の応募数は一一七編であった）。

その栄えある「第一回笹井宏之賞」は柴田葵「母の愛、僕のラブ」。

いつぶりか消しゴムに触れ消しゴムの静けさが胸へひろがる火曜

特集では、他の新人賞選考会と同様に、選考座談会が掲載されているのだが、これが、実に長い。延々と続く。選考会を終えた後のコメントで、五人の選考委員の一人である大森静佳が「今回五人の◎○がかなり割れて、結果的に現在の評価軸の多様さが浮き彫りになった気がします」といみじくもいっているように、各選考委員の推しが見事にバラバラだから、その分、まとめあげるまでに時間がかかったのである。ただ、急いで付け加えるならば、選考の俎上に載った作品について、選考委員の真摯な読みや委員同士の活発な議論をあまねく載せることで、現代口語短歌の多様な評価軸による評価を知らしめようとする編集方針があったであろうことも推察できよう。

また、今回、正賞のほかに選考委員の名を冠した個人賞があったのもユニークなことだった。選考対象作品のなかで、各選考委員個々人が、推し作品を選んでいる。そのなかの「染野太朗賞」は、浪江まき子「刻々」。

ラーメン屋と質屋の間ぴったりとビールケースは傾いている

さて、この笹井宏之賞と、これまでの総合誌の新人賞の応募作品との大きな違いは、いわゆる口語短歌がほとんどであったということだろう。選考委員の永井祐の「今のわたしは（中略）

主に口語の短歌を二万首入力したＡＩのような状態になっています」とのコメントの通り、筆者が読んだ限りでは、掲載された最終選考候補の作品すべて口語脈であった。これらの作品群を、口語短歌の到達点というつもりはないけれど、とりあえず最前線とはいえるのではないか。

そしてこれは、筆者に限るのかもしれないが、筆者には、おかしな日本語の羅列にすぎない一行詩のようだったものが、選考座談会を読むことで、口語短歌作品として解読できてゆく過程が非常にスリリングであった。もちろん、「わかる」ことと、その作品が「良い」こととは別な話ではあるけれど、作品の良し悪しを言う前に、まずは、その最前線にある作品群を読むところから話を始めたい。

「ねむらない樹」の刊行が契機となって、現代短歌の世界がより混沌となっていくことを望む。

「わからない」っていうな

角川「短歌」二〇一九年四月号の「特集　穂村弘」は、期待はずれだった。各々の論者の論考は佳論であったと思うが、いかんせん批判的論考が一本もなかった。

短歌の世界にあれほど存在していた、「穂村作品がわからない」と批判していた層は、ついにみんな死に絶えたのか、といえば、そんなことはなく、今でも「穂村作品がわからない」という層のほうが、現在の短歌人口比からみたって多いだろうと思う。筆者のまわりにだって、うじゃうじゃいる。そんな、アンチ穂村層からの作品論があれば、対立軸のある立体的な企画になったのにと思った。

さて、この「わからない」。なにも、穂村作品に限ったことではなく、短歌の世界では、いたるところでいわれる。そして、これは、どうやら世代間の差によるもの、と認識されているようだ。去年（二〇一八年）の「歌壇」十一月号の佐佐木定綱による寺井龍哉のインタビューは、「世代間の溝」がテーマだった。そこでは、「四十代くらいのところに大きな断層がある」（寺井）という。また、今年（二〇一九年）の角川「短歌」三月号の座談会「歌壇・結社のこれからを考える」でも、世代差が話題にあがっていた。

けれど、世代差というのは、別に現在の短歌の世界特有の話題ではもちろんなくて、いつの時代どこの世界でもある話。いろんな世代が参集している集団であれば、常に存在する話題だ。ただ、短歌の世界では、上の世代が下の世代の歌を「わからない」ということで顕在化することがままある。これは、結社制度の悪しきヒエラルキーの残滓ともいえるし、上の世代が短歌人口比から見て圧倒的に多いせいでもあろう。

ただし、こうした世代間に溝のある状態が、短歌の世界にとって良いわけはなく、やはり、溝は少しでも埋めるに越したことはないだろう。つまり、上の世代の「わからない」状態が、何らかの方策で解消されればいいだろう。では、どうするか。というと、話はわりと単純で、要は「わからない」っていわなければいいのだ。

どうして、平気な顔して他人の作品を「わからない」っていえるんだろう。まして、上の世代が下に向かって「わからない」っていうのは、今の時代、傲慢で不遜なことだと思わないんだろうか。上が下に「君の歌はわからない」というのは、上が「私にわかるような歌を作れ」と下にいっているに等しい。これを傲慢、不遜といわずして何といおう。

先にあげた座談会では、メンバーのひとりである生沼義朗が「私案ですけど、『わからない』という言葉を安易に使わない方がいい。（中略）『わからない』と安易に片付けてしまうと断絶しか生まれない」と発言しているが、ホントその通りと思う。もうね、「わからない」といわれちゃうと議論にならない。それで、おしまいなのだ。

「わからない」なんていわないで、良いかダメかをきちんと評するべきだ。世代の違いとか余計な御託を並べず、自分の批評眼で「良い」のか「ダメ」なのか評をすればいいのだ。

なお、しばしば見られる短歌の世界の言説として、「わからない」というのは「ダメ」の婉曲表現なんだから、歌評で「わからない」というのは「ダメ」といっていることくらい文脈で判断しろ、なんていうのがあるが、これについては、筆者は反対の立場だ。歌会のような口頭の場ならともかく、文章での、そういう言葉の使い方は非論理的というもので、歌評の信頼性を著しく損ねよう。こうした短歌の世界だけに通用するような悪しき風潮は、早く改めたほうがいいと思う。

社会を「じぶん歌」として詠う

改元という時代の節目に、短歌総合誌も平成を回顧する特集が編まれているが、去年（二〇一八年）から断続的に連載された「短歌研究」誌の「平成じぶん歌」は、結果として出色の企画になった。結果として、というのは、発行人によれば、シリーズ企画にできるかどうかわからず「もう一回できるかな、もう一回やってみようかという感じ」（二〇一九年四月号）での連載だったからだ。

総勢八十四人の歌人による平成をテーマにした三十首連作、なんていうのは、やはり総合誌ならではの企画といえたし、まとめたものをムックとして刊行したというのも、企画が商業的にもいけると判断したからだろう。

詠む方にしてみれば、平成の三十年間を振り返って三十首作れという依頼なのだから、一年一首で三十首、という発想になろうし、実際、多くの歌人がそのように連作した。

他方、読む方にしてみれば、八十人をこえる各々の個人史をピースとして、平成の時代像といったようなものが、ジグソーパズルのように組み立てられていく感覚になる。こうした市井の人々による時代の記録というのは、短歌が得意とするところだ。

そんなことを考えると、「平成じぶん歌」というネーミングが実に絶妙だったのだろう。自身の三十年を振り返って詠むという、いわば境涯詠の競作集なわけなのだが、そこに「平成」とつけることで、おのずと「時代」を反映させることになったからだ。

例えば、平成二十三年の東日本大震災。この平成期の厄災を、当事者とはいえない歌人も各々の「じぶん歌」として詠った。（引用はすべて「短歌研究」。カッコ内は初出号）

呑まれたる海岸線の灰色を異国の部屋にひとり視てをり　小佐野彈（二〇一八年九月号）

ぬるぬるとビルが左右に撓うのを見ている社員、沈黙のなか　加藤治郎（二〇一八年十月号）

電気消しただ一部屋に集まりてニュース見しのみその三月は　小島ゆかり（二〇一九年四月号）

今回、こうした震災詠が提出されたのは、大きな収穫といえた。直接に被災しなかった者も、平成を振り返るというテーマが与えられたことで「じぶん歌」として震災をいわばワガコトとして詠うことができたのだ。

震災については、当時から、とかく当事者性が議論となりがちで、当事者でないものが軽々しく震災を詠ってよいのか、という作歌倫理が問われてきた。いわき市在住の高木佳子が震災から八年が経ってなお、前田康子の〈福島へ夫は三度行きたればそこだけわれに空白がある〉

といった歌を引きながら、「非被災者の人たちが、被災という実際の体験が無いなかで、自らの表現とは何か、その葛藤を誠実に問うてきた痕である」(「『当事者』を問う」「現代短歌」二〇一九年三月号)と述べるのは、〈主体〉の切実性を抜きにして震災を詠うことについて、今でもストイックな議論になりがちであることを示唆していよう。

しかし、今回、小佐野は異国でのニュース映像を詠った。加藤は、「ぬるぬる」といった修辞を使い、とある社員に視線を向け震災を表現した。小島は、非当事者の当時の生活を振り返った。これらの歌には、震災当事者としての切実性はない。しかし、だからといって、震災を第三者視点でヒトゴトとして詠っているわけでもない。今回の「平成じぶん歌」は、近代短歌から受け継がれている境涯詠や生活即短歌的な作品も、「時代」というフィルターを通せば、社会詠として提出できることを明示したといえよう。

やっぱり顔が見えないと気持ち悪い

角川「短歌」十一月号をもって、今年(二〇一九年)も短歌総合誌の新人賞が出揃う。現在は、どの新人賞も作者の情報が伏せられたなかで選考されるわけだが、これは、選考委員にとっては相当にキツいことだろうと思う。筆者が似たような経験をするのは、未知の、しかも名前からは性別が判別できない作者の連作を読むとき。そんな作者の属性が不明な状況下で、連作から「作中主体」像をあれこれイメージしなくちゃいけないので、読むときに余計な負荷がかかる。連作というのは、その作品が虚構だとか、〈主体〉が曖昧な嘱目だとかに関係なく、読む側が、「作中主体」像、つまりは作品に出てくる人間の顔をイメージして読むものだ。

いやいや、私は純粋にテクストとして短歌作品を読めます、なんていう歌人は果たしているんだろうか。三十首なり五十首なりの連作でだよ。そんなことできっこないと思う。

それが証拠に、選考座談会では、「この作者は若い女性だと思う」とか「高校生だと思う」とかいった発言がしばしばあるが、あれは、「作中主体」像のイメージに確信が持てないがゆえに、とりあえず「作中主体＝作者」という旧来の短歌の読みをあてはめて、なんとか私像をイメージしようとする、選考委員のいじましい思考の末の発言なのだ。そうして、他の委員と「作中主体」像のイメージをすり合わせているのだ。つまり、そうしたすり合わせをしないと、匿名連作は読めない、ということなのだ。

匿名連作の新人賞形式が定着して半世紀以上たっていないながら、いまさら筆者のような者が言うのも何だと思うが、短歌連作と匿名性というのは、そもそも相性が悪いのだ。

恐らく、匿名連作の新人賞形式が始まった当初は、「作中主体＝作者」という前提が今よりもずっと素朴に認識されていたんだろう。だから、相性が悪くてもやってこれた。いわば顔は見えやすかった。けど、時を経て、今は短歌連作の虚構性への敷居が低くなっているとともに、

「作中主体＝作者」という前提も既に崩れた。ついでに、「作中主体」の仮構性も広がっていったんだから、いよいよ匿名連作の新人賞形式は時代に合わなくなったのだ。

別の言い方をすれば、短歌文芸で、「作中主体」の仮構を匿名連作でやられたら、たまったもんじゃない、ということである。そういうことは、作者属性をちゃんと明示してやれ、というのが今なお強固な、短歌の作法なのだ。

ただし、「作中主体＝作者」という前提をはじめからないものとして匿名連作を読むならば、相性の悪さはたちどころに解消される。先に別項でも話題にした「第一回笹井宏之賞」の選考座談会（「ねむらない樹」2号）が方向性としては近かった。選考委員は、作品と作者を離して読んでいた。いうなれば、「作中主体」を物語の主人公として扱っていた。これなら作者属性を明示する必要はなくなる。だって、短歌を物語として読むんだから。この先、匿名連作の新人賞は、選考委員の世代交代が進むにつれ、こうした読みが主流になっていくだろう。

けれど、それで匿名連作は解決できたとしても、これから先、短歌作品全般の読みが、「作中主体」を物語の主人公のようにして読むようになるかというと、多分、そうはならない。近代短歌は、そもそも自然主義文学が出自だし、それに寄りかかって歌作するのがどうやら現代でも居心地が良い。つまり、近代短歌が一人称〈われ〉の文芸で出発し進展を遂げている以上、「作中主体＝作者」という素朴な読みの作法は、これから先もずっと続くだろうと思うのだ。

結社が元気なら添削はなくならない

現代歌人協会による「ザ・巨匠の添削。」というタイトルの公開講座が、二〇一八年より、計十二回ほど行われた。私は、聴講したことはないものの、講演録が雑誌「歌壇」で断続的に掲載されており、大体の内容は知ることができる。

「ザ・巨匠の添削。」とは、過去の名だたる大歌人による添削の実際を、その大歌人に詳しい現在の歌人が解説する、という趣旨の講座である。第一回目は、斎藤茂吉の添削の手法について小池光が講演し、第十二回目は、釈迢空について秋山佐和子が講演している。

添削は、今でも短歌の世界では普通に行われているから、歌人にとっては身近なものだろうし、こうした大歌人の添削の手法が詳らかにされることで、大歌人の作歌メソッドのようなものを知る一端にもなると思われる。

講演録では、添削前と添削後の違いが丁寧に解説され、読み進めることで、ここをこうやって直すことで茂吉調になっていくんだなあ、とか、白秋はこの言葉よりこちらの言葉を重要視しているんだなあ、なんていうことが、筆者なりにわかった感じになる。

添削というのは、ご承知の通り、出来の悪い歌を、出来の良い歌へと直すことをいう。ただし、この「出来の良い」、というのが曲者で、何をもって「出来の良い」とするのかは、何人も絶対に説明ができない。これが、添削の面白いところというか、そもそも短歌の面白いところなんだと思う。

別な言い方をすると、ある出来の悪い歌を茂吉が添削するのと、白秋や牧水が添削するのとでは、添削後の作品が違ってくる、ということだ。これは、何となく想像ができると思う。単純な文法や仮名遣いの間違いであれば誰が添削しても同じだが（というか、それは添削ではなく、校正だと思うが）、そこから先、作品に手を加えようとすると、当然ながら添削者によって添削のやり方、すなわち、添削後の「出来の良さ」が違ってくるのだ。

そうなると、添削を受けようとする人は、誰に添削をしてもらうか、というのが決定的に重要になる。だって、添削者によって添削後の作品の出来が違うのだから。けど、そんなことい ったって、そもそも添削を受けようなんていう人は、短歌の世界についてそんなに詳しくない人だろうから、昔は、近所の結社の主宰あたりにお願いしてたんだと思う。けど、今は、近所の主宰者にお願いせずとも、お金を払えば、NHK学園の講座とかで、全国結社の有名な歌人にお願いすることも容易になってきているから、昔とは添削をお願いする側の心持ちも変わってきて、より消費者的感覚で添削という商品を購入しよう、という感じにもなってきていよう。

さて、そうなると、購入者のお買い得感みたいなものが商品の価値を決定づける要因にもなる。しかし、繰り返しになるが、そもそも「出来の良い」歌の基準なんてないんだから、そのお買い得感は添削そのものではなく、別の要素ということになる。では、どんな要素かというと、例えば、添削者の知名度とか、カリスマ性とか、そんな権威性のほうが、消費者ニーズに沿っているのかもしれない。

そういうわけで、短歌の世界についてそこそこ詳しい歌人もまた、「巨匠の添削」なる権威性におもねったタイトルの講演録を読んで、なんだか訳知りな気分になっているんだから、今なお過去の歌人や現在の主宰者に権威があるうちは、とりあえず、短歌の世界で添削はなくならないだろう。けど、その一方で、結社制度の衰退とともに、結社の主宰者といったような権威性も衰えてゆけば、添削の伝統も意外と早く潰える、ともいえるのである。

一首評は作者の顔を浮かべないほうがいい

「短歌研究」二〇二〇年一月号の小池光と花山多佳子の対談「茂吉短歌・二十首をたっぷり読む」を読む。小池、花山両氏が、斎藤茂吉の秀歌を持ち寄って、合評するという企画だ。

対談で、小池は、『小園』から〈星空《ほしぞら》の中《なか》より降らむみちのくの時雨《しぐれ》のあめは寂《さび》しきろかも〉を引き、「いま普通に、歌会に出すと、時雨は雨に決まってるから『時雨《しぐれ》のあめ』というのは変だということを言われそうだな」と述べる。花山は『白き山』の〈最上川の上空《じやうくう》にして残れるはいまだうつくしき虹の断片《だんぺん》〉の「上空《じやうくう》にして」「虹の断片《だんぺん》」について、「この言葉の硬さは、どうしてここでこう言っているのかな（中略）普通は、『虹のきれはし』とかと言うでしょう」と婉曲に批判しながらも、これらの言葉に「魅力を感じるんです」と締めくくる。

この対談で、いみじくも小池が「歌会に出すと~変だということを言われそう」といっている通り、茂吉というクレジットがなければ、これら作品は出来の悪い歌ととられかねない。「虹の断片」にいたっては、「虹のきれはし」へと花山に添削されてしまいそうだ。

ただし、こうした高名な歌人の作であるというクレジットがなければ「変だ」と評されかねない、なんてことは、今にはじまったことではない。それは、近代短歌の宿命といってもいい。なぜなら、近代短歌は一人称〈われ〉の文芸であるし、そのうえ、何事かを語るにはあまりに短い詩形であるからだ。

近代短歌が一人称〈われ〉の私性から逃れられない詩形ならば、鑑賞には作者のクレジットは必要になろう。つまり、歌と作者がセットでひとつの作品という考え方だ。そして、一首単位では、鑑賞するに足る情報があまりに少ないから、どうしても歌の外部、特に作者のまわりに情報を求めてしまいがちになる。

そんな事情によって、作品と作者がセットで一首鑑賞をする、というのが短歌の読みの主流となり、小池と花山の合評も、そんな短歌の正統的な読みに従っていよう。

ただ、そんな正統的な読みについて、ここ最近、違和を表明している意見が提出されてきていることも、ここで指摘しておきたい。

例えば、二つの総合誌、角川「短歌」と「短歌研究」の二〇二〇年一月号の時評は、くしくも短歌の作品と〈作者〉の関係性を話題にしていた。

寺井龍哉は角川「短歌」時評「短歌は短歌以外のもので作るものである」で、松村正直の新聞時評や、花山周子による歌集解説など、いくつかのトピックをあげ、短歌作品は「現実そのものではない」という命題を提出しながらも、終結で「松村も花山も、『作品は作品として自立しているのであって、作者の人生とは関係ない』と考える立場を貫くことの困難を告げているように思える」と結論を急がない立場をとっている。

他方、山階基の「短歌研究」時評「作品の外、わたしの周囲」では、作品の内容と、作者の人格や言動、境遇を混同することに疑義を呈し、「書き手という人間も、あくまで『作品の外』の存在だ」とする。つまり、作品と作者はセットではなく、作者は作品の外の存在である、という立場ととらえられよう。

こうした議論を踏まえつつ、本欄では、一首評では余計なバイアスはかけずに作品をテクストとして批評したほうがいい、と主張しよう。つまり、作品の外に情報を求めず、作品だけをみて批評する。「時雨のあめ」は変なのか変でないのか、「虹の断片」という硬い表現は良いのかダメなのか、といった議論を茂吉の顔は浮かべずに、作品だけで議論する。そういう形式主義的批評のほうが、一首評ではずっと生産的だと思うのだ。

ニューウェーブは短歌史を上書きできるか

短歌ムック「ねむらない樹」の別冊『現代短歌のニューウェーブとは何か？』を読む。荻原裕幸らニューウェーブの当事者のほか、伴走者、傍観者、反目者らあわせて四十名による書下ろしを含む論考やシンポジウムの記録をおさめてある。

ニューウェーブの約三十年の歩みがわかるだけでなく、今にしてみれば牧歌的といえた九〇年代当時のポストモダン言説から、黎明期のネット短歌の興隆を経て現在の口語短歌の多様化へといたる、もうひとつの現代短歌史として読むこともできる。

論考のなかで、川野里子がニューウェーブを「すでに分厚い層と広がりをもつ短歌のスタンダードとして定着している」と述べているが、筆者はそう思わない。ニューウェーブが、それまでの連綿と続いた近代短歌の歴史性から離れたところで生まれ、結社のヒエラルキーからネットのコミュニティへと場を広げ、当時の空気感を摑む口語短歌の最先端を突っ走ったムーブメントであった、ということについては賛辞を惜しまない。けれど、今現在「分厚い層」があるとは到底思えないし、まして「短歌のスタンダードとして定着」というのは、言い過ぎであろう。ニューウェーブのとらえ方の違いといってしまえばそれまでだけど、短歌の世界全体からみれば、当時も今もニューウェーブは異端であろうし、だからこそ、もうひとつの短歌史として、この出版の意義があったんだろうと思う。

そんな中で、大辻隆弘の論考は、ニューウェーブの旗手であった加藤治郎の歌作を、近代短歌の正史のなかに組み込もうとする試論といえた。加藤の初期の作品をニューウェーブの言説によくある「『私』の希薄化」への希求ではなく、近代短歌的な「私」の深化、ととらえる言説は鮮やかだった。

そう考えるならば、新奇な修辞の実験とか口語短歌の場の広がりとかといった現象としてだけでニューウェーブをとらえるのではなく、作品批評の文脈で、ニューウェーブが切りひらいてきた多様な口語文体やその世界観をどのように短歌史に位置づけていくか、という議論が今後は必要になると思われた。例えば、筆者は、現代の短歌状況を口語文体が成熟していく渦中と考える立場だが、そうした口語短歌の成熟化にニューウェーブがどのような役割を果たしたのか、という問いをたてることで、ニューウェーブの短歌史上の位置づけ方もかわっていくだろうと思われた。

話題かわって。

「短歌研究」二〇二〇年二月号の作品季評欄で、佐佐木幸綱が、小池光『梨の花』の〈おもしろき事を語らぬひとの歌おもしろからず歌は人にて〉の歌に苦言を呈した。「この『歌は人』は問題点だね」といい、「短歌史が逆戻りしはじめる」ともいう。この逆戻り発言は結構過激な感じがするが、このときの佐佐木の頭の中には、「歌は人ではない」とした前衛短歌の功績がよぎっていたのではないか。佐佐木は前衛短歌を短歌史のなかの正史として位置づけているのだ。ただ、「問題点だね」といった後に、「自由な感じが読み取れて」とか、「文学史、短歌史の問題をもう一回振り返る機会を作ったほうがいいかもしれませんね」といったような具合に批判のトーンを抑え、発言を穏便におさめる。こうした佐佐木の過激な発言から穏便なそれへの移行は、ホントに前衛短歌を正史に位置づけてしまっていいのかどうか、躊躇したと思えなくもない。

前衛短歌にせよニューウェーブにせよ、「歌は人」で連綿と歌を紡いできた短歌史の正史を上書きするには、まだまだ時間や議論が必要なようである。

家で詠おう

コロナ禍の影響で、今年（二〇二〇年）は、結社の全国大会や全国集会が軒並み中止となっている。身近なところでは、毎月の歌会や例会や勉強会も中止になっていよう。そもそも、歌人が密集する歌会なんてのは不要不急の最たるものであるから、中止は当然のことだ。だいたい、戦後最大級の国難の今日、暢気に歌会などやろうものなら非国民の謗りをまぬがれない。なんて、令和の時代にまさか隣組のような相互監視社会が到来するとは思わなかった。

角川「短歌」二〇二〇年五月号の特集は、「日常・社会はどう歌うか」。こうした状況下で、時宜を得た企画だ。しかし、小見出しが「日記、ニュース見出し、キャッチコピーにならないために」となっているあたり、この特集の意図が透ける。すなわち、各々の作った歌が「日記、ニュースの見出し、キャッチコピー」のようになってしまわないためには、どうしたらいいのか、その方策を考えようということ。企画した側からすれば、そうしたハウツーを求めるニーズがあると踏んでいるわけだろう。けど、筆者にいわせれば、こうした企画が立つこと自体すでに浅ましい。

だいたい、失敗しないような歌を作りたいなんて、歌に成否をつけるような性根を浅ましいと言わず何といおう。いったい、こういう人は、何を目的に歌を詠っているのだろうか、とつい思ってしまう。

多分、より良い歌を詠いたいとか、短歌が上達したいとか、そんなしおらしい向上心を持って作歌しているのだろうと思うけど、じゃあ、何をもって歌の良し悪しを測るのだろう。どこかに基準でもあるのか。あるいは、短歌には上達のスキルがあると思っているのだろうか。もしかしたら、毎月の歌会が短歌上達の場だと思っているのかもしれない。だけど、それはひとつの理由かもしれないが、歌会の主目的ではない。歌会の一番の目的は遊興だろう。だから、歌会は不要不急の最たるものだし、今後は密集を避けるために、オンライン飲み会のように、親しい仲間内でオンライン歌会でもやったらいいのだ。

良い歌の基準なんてものは、存在しないと思ったほうがいい。自分がいいと思った歌が良い歌だと思えばいい。日記のようでも、ニュースの見出しのようでも、自分が詠いたいように詠うことが何よりではないか。

当節であれば、当然ながら、コロナは恰好の歌材となる。短歌の世界を知らない人からみれば、歌人なんてのは霞を食って生きていると思うのかもしれないが、短歌ほど時代の空気を吸っている文芸はない、なんてことは歌人なら周知だ。

ある事件が起きたら、それに関わる夥しい類歌が全国で詠まれる。短歌は、そんな記録性に富んだ文芸だ。夥しい類歌が生まれようと、歌人は気にしなくてもよい。まして、そうした歌に対し他者が他者の基準で優劣をつけようと知ったことではないのだ。

歌人は自分の詠いたいことを存分に詠えばいい。日本全国でコロナを詠うことに何の躊躇があろう。誰のためでもない、自分のためにコロナを詠えばいい。

この先、コロナ禍が終息したとしても、新しい生活様式だか何だかで、今後はもう全国大会が開かれなくなってしまうかもしれない。あるいは、これまでのような、歌人が密集する歌会の場は無くなってしまうかもしれない。しかし、歌人が自分の歌を詠う限り、短歌が終息することはない。歌人が、流行り病に対抗する術は、何ひとつない。ただ、ひたすら家に籠って、流行り病に怯えながら、そんな日常を詠うことが、私たち歌人の変わることのない生活様式なのだ。

結社はコロナよりも強い

この度のコロナ禍は、短歌の世界でも、短歌結社の維持存続といった面でいえば、まさしく緊急事態であったろう。ただ、そうした事態であったからこそ、結社という、短歌の世界に存在する独特な組織の特質が改めてよく見えた、ともいえた。

「短歌研究」誌は、二〇二〇年六月号で「短歌、緊急事態宣言。」と題された特集による結社緊急アンケートを、そして、二〇二〇年七月号でそのアンケート結果のレポートを掲載した。

アンケートは、全国の結社に向けて、延期や中止のイベントや歌会はあるか、歌会・選歌・編集会議でどんな工夫や対策をしたか、今後の影響はどうか、といったことを問うものであり、今回の厄災で、結社組織の実際にとった活動がよくわかる好企画といえた。

結社といっても、今は、主宰者によるゴリゴリの権威主義的な運営なんていう時代じゃないから、きわめて民主的な風体を装っていて、結社に入っている私たちも、短歌愛好家が集う親睦団体みたいなものと思いがちだが、そんなことはない。結社はあくまでも結社であり、同人とかサークルとかとは、組織としての目的を異にしている。それが今の時代でも、はっきりとわかるのが「結社誌」の発行と「歌会」の開催だ。この二つの活動を通して、組織としての勢力拡大をはかることが、結社の今も変わらない組織としての目的だ。

例えば、結社誌と同人誌の違いは何か。といえば、結社誌には、添削と選歌がある。これらがなぜあるのかというと、会員の作品をその結社らしい歌にするためだ。今は、あからさまにはいわないけど、添削をすることで、添削者である主宰や編集者の歌風に近づけていく。会員は、添削を受けることで短歌が上達すると思って構わないが、添削は添削者によってやり方が違うんだから、つまりは、作品に手を加えることで、その結社らしい歌へしていく、ということだ。

選歌も同様で、主宰のお眼鏡にかなった歌が、結社誌に掲載される。こちらも、今は薄められて、紙幅の都合上、○○欄の人は○首までなんて言い方になっていよう。しかし、そもそも選歌は、良い歌なら何首でも載せていいはずだ。ただし、良い歌の基準なんて存在しないから、結社の主宰者や編集者のお眼鏡にかなったものが良い歌となり、選ばれる。

先のアンケートに戻ると、どの結社も結社誌の発行は継続されていた。これは結社組織の強靭さを示していよう。歌作は、家の中での一人の作業だろうが、雑誌の編集となるとそうはいかない。多くの結社は、数名の編集委員がどこかに集まって編集作業をする。これができないとなると、当然、発行は危ぶまれよう。にもかかわらず、どの結社も、メール、ファックス、郵送等、様々に工夫をして編集し、遅延なく結社誌の発行がなされていた。このことは、誇っていいことと思う。

また、歌会も、多くの結社がステイホーム下で開催できる形態を模索していた。誌上、ファクス、ネット、ライン等、とにかくあらゆる交信手段を使い、開催された。歌会による選歌や批評は、会員間の自発的な啓発によっている、という意見を否定するつもりはないが、結社誌の添削や選歌と同様に、結社らしい歌にしていく、という組織としての意識もはたらいていよう。アンケートには、歌会はこういう時こそ必要、といった回答もあり、そうした行動は、やはり結社としての目的意識の高さによるものであろう。

世の中は、アフターコロナ時代とかいって、生活様式を変えよとしきりに喧伝しているが、こちら短歌の世界は、疫病くらいで、おいそれと変化はしないのである。

ゴシップではなく業績の評価をせよ

岡井隆が亡くなった。氏の死去は、大きくいえば戦後短歌の終焉とくくれるであろうし、短歌史的にみてもひとつの区切りといえるだろう。

「短歌研究」誌は、他の総合誌に先駆けて、いち早く追悼特集を組んだ。二〇二〇年九月号には篠弘のインタビューが掲載されている。しかし、その内容はというと、読み進めるうちに、岡井の九州への隠遁のことや、歌会始選者の時の騒動といった、下世話な方へと向かっていった。こうした編集方針は、読んでいて気持ちの良いものではなかった。岡井はもとより篠にも失礼ではないか。総合誌に必要なのは岡井のゴシップではなく、氏の業績の評価であろう。氏が遺した膨大な業績について、多くの論者によってあらゆる角度から精査させる、というのが総合誌の役割だ。ただし、そうした作業は時間がかかる。一度や二度の追悼特集で完了するものではない。しかし、そうした作業を地道に進めることが、短歌史の更新には必要なことなのだ。

短歌ムック「ねむらない樹」5号の特集「短歌における『わたし』とは何か?・」を読む。大辻隆弘は、論考「『私性』という黙契」のなかで石川啄木の〈はたらけど／はたらけど猶《なほ》わが生活楽《くらし》にならざり／ぢつと手を見る〉や斎藤茂吉の〈沈黙《ちんもく》のわれに見よとぞ百房《ひやくふさ》の黒き葡萄《ぶだう》に雨ふりそそぐ〉を引いて、短歌の〈私性〉を「生身の作者とは無関係なのである」と述べているのだが、流石にこの論述には無理があろう。この大辻の論述は、岡井隆の名言「短歌における〈私性〉というのは、作品の背後に一人の人の—そう、ただ一人だけの人の顔が見えるということです」から、啄木や茂吉の〈私性〉を読み直す試みといえる。しかし、岡井の〈私性〉論は、前衛短歌運動の〈私性〉の拡大のさなかに、〈私性〉を作者の視点から読者の視点へと、いわば〈私性〉の新たなパラダイムを提出したといえるものだ。だが、啄木や茂吉の作品は、といえば、岡井以前の、近代短歌の枠組みである〈作者=主体〉といった素朴な〈私性〉下で作られたものだ。であれば、生身の作者と作品のわれが「無関係」なわけがなかろう。こうした大辻の主張は、歴史修正主義ともいわれかねないものだと思うし、近代短歌から前衛短歌を経て現代へといいたる〈私性〉の短歌史を捻じ曲げていると筆者はとらえる。

続いて、同じく「ねむらない樹」の特集より、宇都宮敦、斉藤斎藤、花山周子による座談会「コロナ禍のいま短歌の私性を考える」を読む。

この座談会で、宇都宮は、岡井の〈灰黄《かいこう》の枝をひろぐる林みゆ亡びんとする恋愛ひとつ〉を引き、かつて、この歌の読みについて吉本隆明が提出した「短歌的喩」という概念を、「ある特殊な読み」であるとして、「批評家的読み方と言える」と批判的に述べる。このようなとらえ方は、岡井作品の読みの更新を迫るものだ。ここで宇都宮が試みたのは、現代口語短歌が更新してきた〈私性〉の深化を踏まえたうえで、岡井作品のこれまでの読みを現代の視点でとらえなおしていることに他ならない。こうした試みは、先にあげた大辻による、読みの変更とは性格を異にしていよう。なぜならば、宇都宮の主張というのは、新たな読みの提案であり、これまでの読みからの変更を求めるものではないからだ。

岡井の業績の評価とは、例えば、氏の〈私性〉論に対する新たな論点の提出とか、氏の作品の新たな読みの提案とか、といったことだ。そして、そうした作業を、多くの論者によって地道に進めることが、短歌史の更新には必要なことなのだ。

三つの短歌賞について

去年（二〇二一年）発表された短歌賞から話題を三つ。
一つ目は、「短歌研究新人賞」。受賞作は、塚田千束「窓も天命」三十首。塚田は「まひる野」「へペレの会」所属、旭川市在住の三十四歳の医師（受賞時）。作品の主人公は医療従事者。その視線でコロナ禍の状況をスケッチしつつ、乾いた抒情による〈私性〉の発露が清冽な連作だ。現代口語短歌の様式化されている部分をうまく咀嚼し、自分のものにしている。

先生と呼ばれるたびにさび付いた胸に一枚白衣を羽織る
目を狙う　ボールペンでも鍵でもよい夜道を歩きながら反芻

二つ目は、「角川短歌賞」。こちらは四十六年ぶりの該当作なし。選考座談会（角川「短歌」二〇二一年十一月号）を読むと、四人の委員が、受賞作を一つにまとめきれなかったことがわかる。この賞に限ったことではないが、受賞作を決めるのに、ある委員では〇な作品が、別の委員では×になっている、というのはよくあること。そのうえで、委員間で意見をすり合わせて、受賞作を決めるのだが、今回はそれがうまくいかず、結果、該当作なし、となった。これは、文芸に限らず、広く芸術一般に関する「いい作品」の何をもって「いい」とするかの基準が明確でないことゆえの結果といえた。各選考委員のいう「いい作品」の基準はそれぞれなんだから、あとは自分が「いい作品」だと主張する、その明確な基準を、言葉を尽くして他の委員に語って説得するしかない。今回は、各委員が、他の委員を説得できるほどの基準を明確に語れなかったことと、そもそも、言葉を尽くすほどの「いい作品」が無かった、ということなんだろう。

短歌賞というのは、選考委員が違えば、選ばれる作品も違ってくる。およそ文芸や芸術とはそういうものだ。そんなものに、何か賞を与えて権威付けをしようとするのが「〇〇賞」というものだ、ということを今回のこの一件は改めて示していよう。

三つ目は、「北海道新聞短歌賞」。こちらは、北海道在住者か三年以上在住した者の歌集を選考対象とする。なので、新人賞ではない。つまり実績のあるベテラン歌人の歌集も新人歌人の第一歌集も横一線で選ばれる異色の短歌賞だ。

普通に考えれば、実績のある歌人の作品の方が、新人のそれより、「いい作品」のはずなのだが、昨年（二〇二一年）の受賞作は、北山あさひ第一歌集『崖にて』。ただ、北山は、この歌集で、新人を対象とした「日本歌人クラブ新人賞」や「現代歌人協会賞」を受賞しているので、第一歌集としてのある程度の基準はクリアしていよう。しかし、筆者は、この歌集より、他にエントリーしていた中堅歌人の歌集のほうが、「いい作品」だと考える。ただし、その中堅歌人の歌集には、北海道がテーマの作品はほぼなかった。一方、北山の歌集は、北海道に在住している〈主体〉の在り様を描いており、北海道の名を冠する短歌賞として、まことにふさわしい内容となっている。

では、「北海道新聞短歌賞」の選考基準というのは、一体何だろう。まさか、「いい作品」でなくとも選ばれるというわけではなかろう。つまり、新人と中堅とベテランを横一線で評価対象にしている以上、その評価基準を明確にしないと、北海道を冠したこの賞の権威も揺らぐのではないか、というのが筆者の主張だ。

動画的手法とは何か

短歌ムック「ねむらない樹」8号は、「第四回笹井宏之賞」の発表号。二〇一九年の第一回目から数えて、今年で四回目。応募総数は五八九点。去年の「角川短歌賞」の六三三点には及ばないものの、「短歌研究新人賞」の五八三点より多いというのは、大きな注目点といえよう。選考委員は、大森静佳、染野太朗、永井祐、野口あや子、神野紗希の各氏。選考委員の顔ぶれからも、本賞が、比較的若年層をターゲットにしていることがわかる。

今回受賞したのは、椛沢知世「ノウゼンカズラ」五十首。椛沢は「塔」短歌会所属の三十三歳(応募時)。過去、「歌壇賞」次席の実績もあり、実力はすでに認められていたといえよう。

この連作からは、現代口語短歌の先端部分の技法をきちんと咀嚼したうえで、独特な作品世界をつくりあげていることがわかる。

剝いているバナナに犬がやってきておすわりをする　正面にまわる
ノースリーブ着てると窓開いてるみたい　近づいてカーテンにくるまる
夏の大セールで買った妹はセーター厚地のヒツジの柄の

一首目。下句の叙述が、極めて現代的。正面にまわったのは、おそらく〈私〉と思うが、唐突に〈私〉の動作が出てくるところで、おかしな叙述となっている。

二首目。「〜みたい」は、最近の口語短歌で様式化されている言い回し。「〜ごとく」「〜ように」につづく、第三の言い回しである。この用法に嫌悪するようなら、現代口語短歌は読めない。

三首目。散文にすると、「妹は、ヒツジの柄の厚地のセーターを夏の大セールで買った」となるのだが、これを、わざとぐにゃぐにゃな文章にして叙述する。こうすることで、口語韻文として特色を出そうとしている。

こうした叙述が、現代口語短歌の先端部分といえるが、現代口語短歌の叙述の別な特質として、一首のなかでダラダラと時間の経過を詠う、というのがある。これは、瞬間を切り取る、とか、写真のように場面を写生する、といったこれまでの歌作の発想の対極といっていい。また、〈主体〉の見たままを詠う嘱目とも違う。いうなれば、スマホで撮った数秒の動画をそのまま叙述している感じだ。「動画的手法」といっていいだろう。そんな、ダラダラとしたとりとめのない動画の様子を、そのまま叙述しようとして、結果、おかしな日本語のまま作品として提出している、という体裁になっている。

手に引かれなくても犬はついてきて走って追い越して振り返る

冷水で顔を洗えば両開きの扉が開く　顔が濡れてる

一首目。三句目以降、犬の一連の動作をただ叙述している。そのため内容が実にとりとめのないものとなっている。

二首目。二句目の接続がおかしい。また、結句の叙述がとつぜん客観的になっていて、日本語としておかしくなっている。

こうした、「動画的手法」というのは、私見では、「現在形終止」を多用する口語文体が原因、と考える。この仮説を検証する紙幅はないが、ただ、こうした「動画的手法」というのは、現代の口語短歌のトレンドであり、現在、どんどん様式化されている、ということは指摘しておきたい。

連作にテーマは必要か？

今年（二〇二二年）の「短歌研究新人賞」が発表された。受賞作は、ショージサキ「Lighthouse」三十首。

美しいみずうみは水槽だった気づいた頃には匂いに慣れて
東京にいるというよりサブスクで日々をレンタルしている気分
顔も手も胸も知ってる友人が知らない男と生殖してる

選考会では、「『女性の生きづらさ』みたいな言葉でくくれるところから一歩踏み込んで、深いところがうたわれている」（斉藤斎藤）などの評があった。筆者も、本連作はテーマ性を深く詠いこんでいると思うし、これが今年の受賞作であることには、異論はない。

しかしながら、選考委員の一人である加藤治郎の次のようなコメントには疑問。曰く、この連作は、メタファーとしての旅、現代のアプリケーション群、生々しい実感、という三層構造で作られていて、「こういった連作の作り方は初めて読んだと思います」という。

普通、三十首くらいの連作であれば、三つのテーマというか、構造というかによって連作を構成するのは、わりと普通なことだと思う。加藤ともあろうベテラン歌人が、初めて読んだなんて、ほんとかしら、と思うのだが。

連作に、テーマは必要か。

というと、この「短歌研究」の新人賞の発表号にも、「連作評価」のポイントについて選考委員に聞いているページがある。しかし、そういうことを誌面に載せるのも、どうかとは思う。斉藤斎藤が、「傾向と対策で作った歌でほめられることは、（中略）中長期的に見て、あなたの魂によくないんじゃないですか、（中略）これは自分の作品だと、ほんとうに言える作品を応募してほしい」とわざわざ選考会で言っているのに、別なページでは「傾向と対策」を編集者が斉藤斎藤に聞いていて、こんな編集で大丈夫なんだろうか、と余計な心配をしてしまう。

それはともかく、連作の話。

作品を連作として十首なり十五首を構成するときに、決定的に大切なのは、並べ方である。どうやって並べるかを考えるだけで、おのずとテーマとかストーリーとかは生まれてくるものだ。同じく選考委員の米川千嘉子が「テーマというのは必要です。でも一首一首のそれぞれの場面のリアルさだけで勝負するやり方だってあると思うので、特に仕組む必要はない」といっているが、同感だ。

例えば、冒頭にあげた、受賞作の一首目。みずうみや水槽は何かの比喩だとは思うが何の比喩かはわからない。しかし、連作を読み進めていくうちに、それらは東京の比喩だということがわかる。すなわち、上京した主人公が、上京したときは美しい湖だったが、住んでみると水槽だったと気がついた、というのだ。これが連作の妙なのだ。これが、一首目にあるからストーリーが生まれるのである。

つまり、連作とは、物語やテーマが先にあるのではなく、あくまでも、作品の並べ方で物語やテーマが浮かんでくるのだ。

受賞作でいうと、女性性といった生々しい実感をテーマとして、そこに現代的なアイテムを混ぜて、一方で、旅を連想させる比喩を詠いこんでいる、ということだ。なので、はじめから三層構造で構成されているのではなく、批評者とか読者によって、はじめて構造らしきものがみえてくる、というのが、短歌作品の連作なのだ、と思う。

機会詩の成熟化について

二〇二二年二月にはじまったロシアによるウクライナ侵攻は、短歌の世界でも、恰好の歌の題材となって受け止められた。

短歌は、機会詩としての性格を持つから、世の中で起こったことを作品にして詠むのは、歌人としては当然の所業であり、そのことについて、とやかくいうべきではない。歌人は、自分が詠いたいことを詠えばいいのである。世の中を見わたして、自分が感じたままをどんどん詠えばいい。それは、ウクライナ侵攻であろうが、新型コロナだろうが、なんでもいいし、できた作品が、ただの決意表明だろうが、ニュースの見出しのようであろうが、スローガンだろうが、類型的であろうが、そんなことを気にすることはないのである。

しかし、こと作品の優劣となると話は別である。

どのような場であれ、提出された作品は批評にさらされる。さらされることで、いい作品なのかそうでない作品なのかのジャッジが下されることになる。そこでは、ただの決意表明だとか、ニュースの見出しのようだとか、スローガンだとか、類型的だとか、いろいろと評価されるわけである。

ただし、このジャッジは、そんな作品の優劣もさることながら、短歌形式の機会詩としての成熟度を測る指標にもなり得る。

つまり、批評のなかで、作品の優劣のジャッジが下されるということは、作品の優劣とともに、機会詩としての短歌の成熟度も測られているということだ。

そうじゃないと、いつまでたっても、決意表明だったり、ニュースの見出しのようであったり、スローガンだったり、類型的だったり、といった作品があふれるばかりになり、どうにも短歌の機会詩としての成熟は望めないということにもなる。

そんななか、「短歌研究」二〇二二年六月号は、「正面から機会詠論」という特集を組んでいる。新型コロナやウクライナ侵攻を題材とした機会詩が短歌作品にあふれている昨今、時宜を得た企画といえるだろう。十人の論者による十本の論考が並んでいるが、そのなかで、筆者は、高木佳子「『個』として対峙する」に注目した。

高木は、機会詠のなかで、「とくに戦争の題材は難しさがつきまとう」としたうえで、以前から指摘されていた歌の政治的回収やスローガン化・類型化、いわゆる感動ポルノ、作歌要請とその応答について、「思考はそれぞれ深化しただろうか」と疑問を投げる。そのうえで、高木は「機会詠の表現への問いは山積したまま、一人一人の歌の成熟にはまだ遠いように思われる」と述べる。

高木もまた、機会詩の成熟について、考えているのである。

そうしたなかで、高木は、「個」として対峙することを説く。「多くの人が共有する機会を題材とする歌には、逆に率直な・最小な『個』が現れ、独自性をもって反映されてほしい」と述べる。

これが、高木の機会詠の評価軸だ。独自性のある「個」が反映されているのがいい作品であり、そうした作品が提出されていくことが、機会詠としての短歌の成熟化だというのだろう。

そのうえで、高木は、そうした「個」の反映されている作品として、次の五首を掲出している。

あなたは勝つものとおもつてゐましたかと老いたる妻のさびしげにいふ　土岐善麿『夏草』

あきらかに地球の裏の海戦をわれはたのしむ初鰹食ひ

小池光『日々の思い出』

紐育空爆之図の壮快よ、われらかく長くながく待ちゐき　大辻隆弘『デプス』

ひげ白みまなこさびしきビンラディン。まだ生きてあれ。歳くれむとす　岡野弘彦『バグダッド燃ゆ』

原爆を特権のごとくうたふなと思ひ慎しみつつうたひきぬ　竹山広『空の空』

さて、これら五首は、次の二つに分けることができる。それは、戦争の当事者か、そうではないか、の二つだ。土岐と竹山の作品は前者で、小池、大辻、岡野の作品は後者だ。戦争の当事者であれば、いかようにも「個」を反映させることができよう。いわゆる戦争体験なり被爆体験なりを存分に詠えばいいのである。どのような体験であっても、それが「個」へ帰結するのは容易である。

しかしながら、小池、大辻、岡野は、これら歌の題材になった戦争の当事者ではない。フォークランド紛争も九・一一もタリバンのテロも、体験しているわけではない。生命の危険がない平和で安全な場所に安寧していて、戦争への切実感もあるわけではない。そうした境遇に身をおきながら、いかにして「個」を反映させたらいいのか。

というと、小池は「たのしむ」と詠み、大辻は「壮快」と詠み、岡野は「まだ生きてあれ」と詠む。

こうした三者の「個」の独自性について、果たして高木は、ホントに是とするのだろうか。

筆者は、このような当事者ではない歌人による機会詩については、もっと違う評価軸でジャッジするべきではないか、と考えている。

そうしたなかで、今回、筆者が取り上げたい歌集は、黒木三千代『クウェート』だ。歌集の刊行は一九九四年なのだが、今回のウクライナ侵攻をもって、また、この黒木の作品がにわかに注目されている。

戦争が起こったことによって、過去の作品が再評価されるというのは皮肉といえるが、それだけ人々の記憶を喚起する作品といえるだろうし、今、読み直す価値のある作品ともいえるだろう。

侵攻はレイプに似つつ八月の涸谷《ワジ》越えてきし砂にまみるる
生みし者殺さるるとも限りなく生み落すべく熱し産道《ヴァギナ》は
咬むための耳としてあるやはらかきクウェートにしてひしと咬みにき

これら作品にみられる、黒木の機会詩を詠む手法は何か。というと、比喩だ。「レイプ」「産道」「咬むための耳」といったセクシャルな比喩で、クウェート侵攻を表現した。こうした手法は、機会詩の短歌表現として、なかでも戦争を題材とする機会詩の短歌表現として有効であったといえる。

また、こうした表現方法であれば、戦争の当事者でなくとも、十分に「個」も担保できよう。この度の黒木作品の再評価は、短歌表現の有効な手法のひとつを示しているともいえよう。

今後、黒木が提出した表現方法が多くの歌人によって様式化されていくことで、機会詩はどんどん成熟していくものと思う。

今後、ウクライナ侵攻は、日本全国でそれこそ幾万首も詠まれることになるだろう。

そんななか、一首でもいいから、機会詩を成熟させることのできる作品に出会いたいと思うし、そして、それをきちんと評価できる批評を求めたいとも思う。

「いい歌」の基準は自分で作れ

角川「短歌」二〇二二年八月号の座談会「流行る歌、残る歌」は、いい企画だった。大辻隆弘、俵万智、斉藤斎藤、北山あさひの四氏に、今後残るであろう作品を十首あげてもらい、それぞれ残る理由を述べていく、というものであった。

四氏の「残る歌の条件」と、選んだ作品をごく簡単にまとめると……。


〈俵万智〉

残る歌の条件

・歌そのものの力で、すでに多くの読者を獲得している
・時代の刻印がある
・ツイッターで見た人がいいなと思って広がっていく。今だからこその残り方
選んだ歌（十首選のなかから一首掲出）

告白は二択を迫ることじゃなく我は一択だと告げること　関根裕治

〈斉藤斎藤〉
・一発で耳に残る歌
・構造がしっかりしている歌
・人間の普遍的な生活様式に根ざしている歌

雨の降りはじめが木々を鳴らすのを見上げる　熱があるかもしれない　阿波野巧也

〈北山あさひ〉
・その人にしか詠めないものが詠まれている歌

産めば歌も変わるよと言いしひとびとをわれはゆるさず陶器のごとく　大森静佳

〈大辻隆弘〉
・言葉の新しさ
・生と死という人間の本質をぐっとつかんでいる歌

椅子に深く、この世に浅く腰かける　何かこぼれる感じがあって　　笹川　諒

座談会では、こんな感じで、各々が「残る歌の条件」と「残る歌」十首をあげて、この後、縦横に議論が展開していくのであった。

さて、この四氏のあげた「残る歌の条件」ならびに十首選（本稿では一首だけ掲出）、これを読んで、読者の皆さんはどう思われたであろうか。

筆者の意見は、こうである。

四氏のあげた「残る歌の条件」、これ、要は、四氏それぞれが考えている「いい歌」の基準なのだ。

つまり、俵万智であれば、俵が考えている「いい歌」というのは、歌そのものの力ですでに多くの読者を獲得していたり、時代の刻印があったり、ツイッターで見た人がいいなと思って広がっていったり、というのが基準となっているのだ。

斉藤斎藤なら、一発で耳に残ったり、構造がしっかりしていたり、人間の普遍的な生活様式

に根ざしていたり、というのが、氏の考える「いい歌」の基準といって、差し支えないだろう。

そう考えるならば、四氏のいう「いい歌」の基準は、てんでばらばらなのがわかるだろう。

だからこそ、議論する意義があるといえるのだけれど、それはともかく、ここではっきりといえることは、短歌の世界で「いい歌」の絶対的な基準というのは存在しない、ということだ。

つまり、「時代の刻印」がある歌が「いい歌」だといえるし、「一発で耳に残る歌」が「いい歌」だともいえるし、「生と死という人間の本質をぐっとつかんでいる歌」が「いい歌」だともいえるのだ。もうね、どうにでもいえるのである。

そういうわけで、四氏の選んだ十首も、てんでばらばらということになる。

試しに、これを読んでいらっしゃる皆さんも、皆さんが考える「残る歌」十首を選んでみたらよい。これ、やってみたらすぐにわかるが、何らかの基準がないと選びようがないし、そして、そうやって選んだ「残る歌」というのは、とりもなおさず自分が思う「いい歌」とイコールになろう。そりゃそうだ。自分が「いい歌」と思わない歌を残そうなんて思うわけがないのだから。

さて、ここまでの議論で明らかになった、短歌の世界に「いい歌」の基準は存在しない、ということ。

これ、実は、ものすごく「いい」ことだ。

なぜなら、自分で基準を作れるということなのだから。

つまり、「いい歌」かそうでないかは他人が決めるものではない。自分で決めるものなのだ。

それが短歌の世界なのである。

自分で作った「いい歌」の基準で他人の歌を読んで、自分で作った「いい歌」の基準で自分の歌を詠めばいい。

なんて素敵な文芸ジャンルなのだろうと、つくづく思う。


ちなみに、なぜ短歌の世界には「いい歌」の基準がないかわかるだろうか。

これは、いわゆる純粋読者がいないせいなのだ。

つまり、他者による評価軸がないせいなのだ。

これ、例えば小説世界とかテレビや映画のシナリオの世界といった、純粋読者が多数を占める文芸ジャンルだったら、「いい」作品の最大の評価基準というのは、売れるかどうか、という点になるだろう。

そうなると、作る側は、どうにかして売れる作品を作るようになる。

言い換えれば、売れるために作品を作る、ということだ。

一方、純粋読者のいない短歌の世界に住んでいる私たち歌人は、売れるために歌を詠んじゃいないだろう。だって、そもそも売れないのだから。

そりゃあ、短歌が今よりも大衆受けしてメジャーになるのは嬉しいことに違いない。けど、歌人が、歌人じゃない人にも短歌を読んでもらいたい、なんて言い出して、実際にそうした歌を詠みだすと、間違いなく大衆迎合的な創作活動に陥るから、やめた方がいいと筆者は思う。

短歌の世界は、純粋読者がいないから、「いい」のである。

Ⅲ

髙瀬一誌のエロス

本稿は髙瀬一誌の短歌作品にみられるエロスについての考察であるが、議論に入る前に、まず、普通一般にいわれるところのエロスの歌をみておこう。とりあえず、三首ほどあげてみよう。

春みじかし何に不滅の命ぞとちからある乳《ち》を手にさぐらせぬ　与謝野晶子『みだれ髪』

薔薇抱いて湯に沈むときあふれたるかなしき音を人知るなゆめ　岡井隆『鷲卵亭』

からめれば切符のような冷たさの舌だったんだ　だったんだ　冬　大森静佳『てのひらを燃やす』

たとえば、これらの歌に、私たちは何かしらのエロスを感じることができるだろう。どうしてエロスを感じるのだろう、とか、感じるエロスとはどのようなエロスなのか、といった細かい議論はここではしなくてもよい。とにかく短歌作品のなかには、晶子の時代から現在に至るまでエロスを感じる歌というのが存在しており、読めばとにかく何らかのエロスを私たちは感じる、ということの確認ができればよい。

また、そもそもエロスとは何か、という根源的な議論もここでは必要ない。さしあたって簡潔に「自身の内側から沸き起こる性的な愛欲」といった程度の辞書的な理解でよい。

高瀬一誌は、その初期歌集よりエロスを詠うことに対して意識的であった。より正確に言えば、エロスという概念を詠うことに意識的であった。高瀬は、エロス的な何かを感じてそれを素材に歌を詠んだのではなく、エロスという概念を詠おうとしたのである。

食麵麭をちぎらんとしてエロスに似たる手さばきをなす　『喝采』

葡萄つみあげてゆくおんな　たちまちあらわにならぬものか

烏賊の体を洗いゆくときエロスはとなりまで来る

ゆさぶられゆく快感はエノキ坂のぼるバスにぞありぬ　『レセプション』

高瀬の第一、第二歌集より引いた。

一首目は、一読、よくわからない歌である。高瀬短歌に特徴的な不条理性が滲んでいる作品といえる。結句、手さばきを「なす」とあるから、食パンをちぎろうとしているのは〈主体〉ではなく、他者（とりあえず一般的な解釈として異性としよう）であり、その様子を〈主体〉は観察している、と読める。そして、その手さばきをみて、「エロスに似たる」と〈主体〉が感じている、という読みでいいだろう。

さて、この「エロスに似たる」であるが、この表現はヘンである。「エロスに似たる」とは、普通いわない。エロスを感じるとか、エロスのようだ、とかはいうだろうが「〜に似たる」とか「〜に似ている」に「エロス」は、普通くっつかない。

もし、パンをちぎろうとする異性の手さばきをみて「エロスを感じる」のならば、（ただし、そんなことにエロスに感じるなんてのも、ヘンとは思うけど）とりあえず理解はできる。しかし、髙瀬はそう詠まない。髙瀬は、食パンをちぎろうとする手さばきが、エロス＝「自身の内側から沸き起こる性的な愛欲」に似ている、と詠う。

では、本稿の冒頭にあげた三首と比べてみよう。

普通、エロスの歌というのは、冒頭の三首のように、読者がエロスを感じることで成り立つものだろう。あるいは、〈作者〉が、自分の内側から沸き起こる性的な愛欲を詠いたいという欲求を歌にすることで、成り立つものだともいえよう。

しかし、髙瀬の歌は、そうしたエロスの欲求にもとづいてはいない。

髙瀬は、エロスを感じて詠っているのではないし、作品の〈主体〉も、食パンをちぎる異性にエロスを感じてはいない。そうではなく、この歌は、エロスとは、たとえるなら食パンをちぎろうとする手さばきに似ているものだ、というように、エロス概念とでもいえるものを詠っている。であるから、読者はこの歌を読むことで、エロスという概念を理解することはできるけど、性的な愛欲が内側から沸き起こることはない（はずである）。そのうえで、「似たる」というおおよそエロスを叙述するにはふさわしくない動詞が使われていることで、独特の不条理性がうまれている、と解釈できよう。

このような高瀬短歌のエロス性については、すでに篠弘が指摘している。先にあげた一首目と二首目の歌について、篠は「高瀬一誌論」と題された小論のなかで次のようにいう（「短歌人」一九九三年三月号）。

はじめの二首（一首目と二首目―引用者）には、作者がじかに女体から肉眼で截りとったものがあらわれる。（中略）これらのエロスは、べたべたしたものではない。人間の本性を内側からクールに捉えるかたちで、エロスに魅せられる人間のかなしみをあらわしていた。

「エロスに魅せられる人間のかなしみをあらわしていた」という指摘に注目しよう。ここでの人間というのは、〈作者〉である高瀬を含む人間一般ということだ。篠の論述をなぞるならば、高瀬は、エロス（＝性的な愛欲）を詠っているのではなく、性的な愛欲に魅せられている人間のかなしみを詠っている、ということが理解できよう。

三首目。これも、前二首と同様の構成、すなわち、エロス概念の表出が読み取れるかと思う。イカのヌルヌルした感触に、エロスを感じたのであろう。しかし、それを、「感じた」といわずに「となりまで来る」と表現したところに、エロスを感じた〈主体〉からの表現ではなく、エロスを客体としていったん、魅せられるものとしてとらえ、そのうえで、エロスを擬人化した結果、独特の不条理性が生まれている、というように解釈できよう。

四首目。ゆさぶられゆく「快感」が、バスに乗っている〈主体〉ではなく、坂をのぼる「バス」にある、という表現も、これまでの作品と同様に、「快感」という感情の客体化といえるだろう。少なくとも、〈主体〉がこれは「快感」である、とは詠っていないのである。

これらの作品に共通するのは、自身の内側から沸き起こる性的な愛欲にもとづいて詠っているのではなく、かなり冷静にエロス概念を歌にしている、ということである。であるから、読者はこれらの作品を読んで、エロスというものを理解し、たとえば、そこからエロスに魅せられる人間のかなしみ、といったものを感じるのかもしれないが、少なくとも性的な愛欲が沸き起こることはないのである。

こうした点が、普通一般にいわれるところのエロスの歌とは異なる、髙瀬短歌のエロス性といえるだろう。

しかしながら、エロスを〈主体〉から切り離し、エロス概念を意識的に客体化して詠っているのは、何も髙瀬短歌に特有というわけではない。

その先駆として、塚本邦雄をあげてみよう。

塚本のエロスは、どのようなものであったろう。そして、髙瀬のそれとは、どう違うのだろう。第一歌集『水葬物語』より四首ひく。

雪の夜の浴室で愛されてゐた黒いたまごがゆくへふめいに
割禮の前夜、霧ふる無花果樹《いちじく》の杜《もり》で少年同士ほほよせ
銃身のやうな女に夜の明けるまで液状の火薬塡《は》めゐき
乾葡萄のむせるにほひにいらいらと少年は背より抱きしめられぬ

塚本の初期作品のエロス性については、これまでもさまざまに論じられてきているが、つきつめるところ、きらびやかな喩法と強い物語性ということにまとめられよう。

菱川善夫は、『水葬物語』の全首評のなかで（『塚本邦雄の生誕』）、塚本作品のエロス性について、余すところなく論じている。以下、菱川の解説に拠りながら、塚本作品をみていこう。

一首目。菱川によれば、「黒いたまご」は女性器の喩、であるという。そして、それが「ゆくへふめいに」なったという結句より、この作品は、人間の深部にひそむ欲望の物語化、であるという。私見では、〈主体〉が女性器を愛するのではなく、あくまでも「愛されてゐた」とたまご（＝女性器）を主語とすることで、〈主体〉を前面に出さず、女性器そのものを詠うという構成がエロスを客体化していると考える。いずれにせよ、この作品が、浴室で女性器を愛しているといった、そんな性愛場面を描写したエロスの歌ではないことは理解できよう。

二首目も同様に、きらびやかな喩と強い物語性によって一首が構成されている。菱川は「無花果樹」が少年の聖なるペニスの映像を引き出している、ととらえ、旧約聖書のアダムとイブ

による知恵の実の物語が喚起されるという。つまり、「無花果樹」は、ペニスの喩であり、また、旧約聖書へ喚起する物語性を備えたものでもある、というのだ。

三首目、四首目も菱川は同様に読み解く。「液状の火薬」は精液の喩であるとし、「背より抱きしめられぬ」からはホモセクシュアルへの物語性が導き出される、としている。

こうした塚本のエロス作品は、高瀬と同様の構成、すなわち、エロス概念を客体化して一首を構成している、といっていいだろう。

塚本は、浴室で女性器を愛したわけでもなければ、ほほよせた少年達を見たわけでもなく、また、銃身のような女へ射精もせず、少年を背から抱いたわけでもない。これは、塚本による物語であり、エロスを想起する喩を愉しむ作品である。塚本は、〈主体〉としてエロスを感じているのではなく、読者が感じるであろうエロスを客体化して一首を緻密に構成している、ということをおさえておこう。

さて、このような塚本が拓《ひら》いたきらびやかな喩と強い物語性による客体化されたエロスは、春日井建に受け継がれていく。

第一歌集『未青年』より四首ひく。

赤児にて聖なる乳首吸ひたるを終としわれは女を恋はず
両の眼に針射して魚を放ちやるきみを受刑に送るかたみに
男囚のはげしき胸に抱かれて鳩はしたたる泥汗を吸ふ

脣びるに蛾の銀粉をまぶしつつ己れを恋ひし野の少年期

順に、近親相姦、サディズム、同性愛、自己愛といった物語性を背景にしたエロスが、多様な喩をまとって詠われている。
塚本から春日井へと継いだエロスの領域は、現在でも、たとえば、次のような広がりをみせている。

ふと気付く受胎告知日　受胎せぬ精をおまへに放ちし後に
黒瀬珂瀾『黒耀宮』

しゅーくりーむに汚れし指をほの紅き少女の頰になすりつけたり
吉田隼人『忘却のための試論』

黒瀬が同性愛者かどうかという読みが馬鹿げているのと同様、吉田が幼児性愛者であるという議論も成り立つわけがない。
当然ながら、これらの歌は、塚本や春日井のエロスと同様、多様な喩をまとったエロスの物語として読むべきものなのである。

さて、髙瀬に戻ろう。ここまでみてきた、塚本にはじまる、春日井、黒瀬、吉田といったエロスの系譜に、髙瀬をおとしこむことができるだろうか。再び『喝采』より四首ひく。

ゆでタマゴ裸にしてゆくひそやかなよろこびこそ今日のもの
いちじくは夜ごと重なり合いしや　いま庭になにごともなし
卵巣もゆれつつあらん春の舞おどりつくして坐る踊子
ああ女の喇叭管かなひゅうひゅうと六本木の辻に聞きたる

こうした歌から、塚本から春日井、黒瀬、吉田に連なる喩のきらめきや強い物語性を読みとるのは困難である。そこにあるのは、エロスそのもの、丹念なエロス概念の描写である。

一首目。塚本のたまごは女性器の暗喩であったが、こちらは、ゆでタマゴそのものだ。殻を剝くことを「裸にしてゆく」と表現し、それに「ひそやかなよろこび」を感じるところに強烈なエロスがある。しかし、そのエロスというのは〈主体〉が異性に対してのそれとは異なる。もし、タマゴの殻を剝くことと、異性を裸にしていくことに同質のエロスを感じるのであれば、それは、相当に倒錯した性衝動といわねばならない。無論、この〈主体〉は倒錯しているわけではない。そうではなく、殻を剝くという行為にエロスを感じているのである。いうならば、エロスの暗喩である。つまり、エロスとはゆでタマゴを裸にしていくようなものだ、といっているのだ。そこには、きらびやかな喩もなければ、強い物語性もない。エロス概念の丹念な描写に過ぎない。

二首目。これもまた、塚本のイチジクとは別物である。ペニスの隠喩などではなく、現実のイチジクそのものである。それが、夜ごとに重なっているのだろうか、と想像しているのである。イチジクから、アダムとイブの物語を連想してもいいだろうが、それは読者側の読みの自由の領域であって、作品から、そうした物語を成立させるには、あまりにも設定が弱すぎよう。そうではなく、「夜ごと」に「重なり合っている」という表現により、読者は、エロスとは夜ごと重なるイチジクを想像するようなものだ、といったエロス概念を理解するのである。繰返しになるが、夜に重なるイチジクを見て、エロスを感じるなんていうのは、相当な性倒錯者といえよう。

三首目、四首目の歌は、卵巣、喇叭管（子宮から卵巣のところまで伸びる卵管の別名）を詠ったにすぎない。これら作品から、エロスは想起できようが、読者がこれら字面を見てエロス＝「自身の内側から沸き起こる性的な愛欲」を感じるというのは、無理があろう。

うつくしきかたちとなるまでカーテンはみだれることを知りたり
噛む立場は噛まれる立場とちがうがおいしいと言われるまで待つ
魚には抱擁がない右左《みぎひだり》まわりながらにのぼりつめたり

高瀬の遺歌集『火ダルマ』より、エロスを想起する歌をひいた。
晩年にいたるにつれ、エロスを詠った作品は少なくなっていったが、捉え方はかわることがなかった。たとえば、一首目は、カーテンが乱れているのではない。乱れることを〈主体〉が知った、のだ。エロスは客体化されたままだった。高瀬は終生、エロス概念を詠い続けたのであって、いわゆるエロスの歌を詠うことはなかったのである。

「不条理」を読む愉しみ～髙瀬一誌の作品を中心に

短歌作品には、一読「わからない」ものがある。

日本脱出したし　皇帝ペンギンも皇帝ペンギン飼育係りも　塚本邦雄『日本人靈歌』

たれかいま眸を洗へる　夜の更に　をとめごの黒き眸流れたり　葛原妙子『葡萄木立』

明日もまた同じ数だけパンを買おう僕は老いずに君を愛そう　千種創一『砂丘律』

一首目。言わずと知れた塚本の代表歌。日ごろ短歌に接している私たちであれば「わかる」作品だ。が、これを平成の世の、短歌になじみのなく、塚本邦雄なんて名前すら知らず、とにかく初めてこの一首を読んだ人だったらどうだろう。初めて読めば、どうしたって「わからない」はずである。暑い日本を離れて、ペンギンたちが飼育係と旅行をしたがっているメルヘンの世界と思うかもしれない。もちろん、私たちは、そうは読まない。それは、この皇帝ペンギン、飼育係が、なんらかの「隠喩」であることを知っているからである。ただし、この「隠喩」

をどう解釈するかで、読みが分かれるのであるが、それはまた別の話題である。とにかく、「隠喩」と読むからこそ、この作品が「わかる」。そして、わかったあとで、この作品世界を味わう。

二首目。夜更けに若い娘が目を洗っていたら、目が流れたというのである。ええっ、そんなことがあるのか、と思うが、すぐにこれは現実ではなく、つくり事なんだろうとアタリをつける。そして、これは「幻想」を詠ったのだなあ、と「わかる」。そして、わかったあとで、この作品世界を味わう。

三首目。「老いず」とある。人間は老いるに決まっているじゃないか、と思うが、そうか何かが「省略」されているんだ、とやはりアタリをつける。そして、それは肉体じゃなくて、精神というか、感情というか、そんなものが「老いず」に君を愛するということなんだなと「わかる」。そして、わかったあとで、この作品世界を味わう。

とりあえず三首あげた。ほかにも「二物衝突」とか「寓意」とか「本歌取り」といったカテゴリーで一読「わからない」作品を分類できるかもしれない。とにかく、私たちは、「わからない」から、ああそういうことね、と「わかる」ために、「隠喩」「幻想」「省略」などの短歌作品を解読する様々なモードを駆使して、一首を読む。そうして、日ごろから読みのリテラシーを磨いていくなかで、例えば、塚本のペンギンが海外旅行をしたがっている、いったような読みをしないようにしているのだ。

高瀬一誌の短歌作品には、いま見てきたような読みのモードを駆使しようにも、どうにも「わからない」ものがある。

牛乳にて顔を洗うおとうとは部下をふやしつづけおり　『喝采』
なんでも串焼きにしてしまえば生きてゆくことも簡単である　『レセプション』
ああこれが夫婦かごうごうと電車がすぎゆくまでを待つ
横断歩道《ゼブラゾーン》にチョークで人型を書きもう一人を追加したり　『火ダルマ』

一首目。牛乳で顔を洗うことと部下を増やすことには、何の関連もない。そこで、これらは何かの「隠喩」なのか、と考える。しかし、「隠喩」と読み解く手がかりはない。では、何かの「寓意」なのかとも考える。しかし、考えてもやはり徒労に終わる。この作品は、関連性のない事柄を、「おとうとは」でくっつけているのだ。すなわち、この作品は、関連性のない事柄を無理やり接続しているもの、といえる。

二首目。これを「箴言」と読んで理解してしまってはいけない。そんな何でも有難がるオメデタイ人になってはいけない。串焼きにすれば生きていくのが簡単になるなんて、そんなワケあるはずがない。この作品は、一読「箴言」にみえて、実は箴言めいたモノローグを詠っているもの、といえる。

三首目。電車がすぎゆくのを待っていて「ああこれが夫婦か」と感嘆したわけだが、なぜ、そういう感慨を持ったのか、その理由が「わからない」。そう思ったから思ったのだとしか、読者は読みようがない。理由が「省略」されていることがわかるものの、その「省略」を補う手がかりはない。この作品は、はじめから理由が欠落しているもの、といえる。

四首目。横断歩道にチョークで人型を書いている時点で、もう「わからない」けれど、そこに、もう一人を追加したことで、一層わからなさが増している。「幻想」といえばそうだろう。しかし、チョークで人型を書き、そこからさらに追加するなんて、あまりに展開が突飛である。この作品は、脈絡なく話題が展開されているもの、といえる。

こうした髙瀬作品は「わからない」状態のまま私たちに提示されている。これらの作品世界は、作品を構成するあれこれの常識がずらされているという意味で、「不条理」と呼ぶに相応しい。

こうした「不条理」性を有した作品に接したとき、私たちは読みのモードを棚上げして読むほかはない。牛乳に託された喩は何だろうとか、人型を書く行為の幻想性とか、そんな風な、いわゆる深読みはしない。そんな解読ストラテジーはとらず、純粋にテクストとしてそのまま読む。テクストとしてそのまま読み、テクストから読み取れる「不条理」を味わうほかはない、といえよう。

では、こうした「不条理」性を有した作品というのは、「わからない」ことを理解し、その「わからなさ」を味わうという、それだけの作品世界なのだろうか。いや、そんなことはない、というのが本稿の主張である。

短歌作品を読んで、条理にあわない、すなわち「わからない」ものに出会うと、私たちはその作品に対し、不安感や不信感を抱かないだろうか。たとえ、一読わからなくとも、私たちは、日ごろ磨いている読みのモードを駆使し、ときには何度も読み返し、懸命にわかろうと頭をひねるだろう。しかし、ひねったところでどうにも「わからない」作品なら、私たちはその作品に対し、焦燥感とともに不安感や不信感を抱くのではないか。例えば、先の〈ああこれが夫婦か〜〉の作品。感嘆する理由がはじめから欠落している作品であることを確認したが、欠落している以上、作品構成として安定していないのだから、読者が不安な気持ちになるのも当然といえよう。また、〈横断歩道に〜〉の作品のように、描かれてあることが、「幻想」世界を詠ったのか、単にナンセンスを詠ったのか、その作品の作歌意図がはっきりしない構成になっているのなら、読者はその作品に対して不信感を抱く要因にもなろう。「不条理」性を有した作品とは、そういう不安や不信を読者に抱かせる構造を持っているといえよう。

そして、そうした構造上の特質に加え、作品の内容が、読者に不安や不信を少しでもイメージさせるものであれば、そのイメージはあっという間に増幅される。〈なんでも串焼き〜〉の作品が端的だが、なんでも串焼きにするというグロテスクな事柄と「生きてゆく」ことが一首に平然と盛られている。そうした人間存在の不安や不信といった巨大で普遍的なテーマ性をも「不条理」の作品構成であればやすやすと展開でき、一首に盛り切ることができるのだ。〈牛乳にて〜〉では、部下が増えることはふつう喜ばしいことだが、「不条理」作品の構成のもとでは、まるで、永遠に増殖するかのような存在への恐怖を抱かせる。〈横断歩道に～〉も、子どもの落書き遊びのような微笑ましい光景など到底イメージできるわけもなく、交通事故で倒れた人型を警察官が描き、それが追加されているような死のイメージが浮かぶ。

「不条理」性を有した作品は、その構造上の特質を利用することで、読者に不安感や不信感を抱かせ、そこから、人間存在の不安や不信といった巨大で普遍的なテーマをも、一首に盛り切ってしまえることができるのである。ここに、「不条理」性を有した作品の意義があり、私たちが作品を鑑賞する愉しみがあるのだ。

なお、補足として、高瀬作品に特徴的な、破調の形式についても触れておく。高瀬作品には、字足らずだったり、さらには句ごとスコンと抜けていたりしているものが多くある。こうした定型からの欠損が、読者に不安定な気分やしっくりこない感じを与えている、ということも、あわせて指摘しておきたい。

さて、こうした「不条理」性を有した作品は、高瀬作品の特質といえるが、高瀬作品だけに特有ということではない。

ほかの歌人も、人間存在の不安や不信といった巨大で普遍的なテーマを射程にいれて「不条理」性を有した作品を提出している。

以下、ここからは、「不条理」の作品構造をいまいちど整理しながら、同様の構造となっているほかの高瀬作品と、ほかの歌人による比較的最近の短歌作品をみていくことにしよう。これまで述べてきた事柄、すなわち、「不条理」作品の構造上の特質の確認と、作品から読み取ることのできる人間存在の不安感や不信感の鑑賞である。

①無関連な事柄の接続

〈牛乳にて顔を洗うおとうとは部下をふやしつづけおり〉のように、関連のない事柄をくっつけることで、「不条理」性を提示する作品である。これは、闇雲にやるとただのナンセンス、無内容なものになってしまう。そうならないためには、作品の内容に人間存在の不安や不信といった普遍的なテーマを有していることが重要である。

意外に近く大女がいてわれにレモンをしたたらせおり　『喝采』

かゆいところに手がとどくのなら角の電灯をつけてください　『火ダルマ』

大伯父がソースをかける　進軍喇叭がきこえてきたのだ
月のない明るい夜に道ばたで、麻雀パイを、手渡される　永井祐『日本の中でたのしく暮らす』

三首目。進軍喇叭は隠喩ではない。そうではなく、ソースをかけることとの無関連な接続によって唐突に提示される進軍喇叭の言葉のイメージが、ほとんど無意識に私たちに不安な気持ちを喚起させるのだ。そうした構成がまさしく「不条理」作品ならではの手法といえる。

永井作品。月がないけど明るい、ということわざとに景を結びにくくしている描写に続いて渡される麻雀パイ。そこから喚起されるイメージは、今ここにいる人間存在の無意味性、といったようなものだろう。

②箴言めいた独白

〈なんでも串焼きにしてしまえば生きてゆくことも簡単である〉のように、一読これは「箴言」なのかと思うが、違うようである。しかし、ただのモノローグという感じでもない。そんなクロスオーバーに私たちはたじろぎ、作品へ不信感を抱くのだ。

肉に肉の臭いなくなりしとつぶやきてから人は狂いはじめるもの　『レセプション』

ぼうぜんと水を吸いこむ傘が一本や二本あってもたしかにいい　『スミレ幼稚園』

昔モールス信号があって大人の恋ではつかったものだ　『火ダルマ』

キオスクの都こんぶのバーコードそういうものに君はなりなさい　斉藤斎藤『渡辺のわたし』

二首目などは、ほとんど「箴言」のようで、傘が何かを暗示していると読みがちだが、初句の「ぼうぜんと」という傘にはアンバランスな形容が不条理な読みを要求している。三首目。「つかったものだ」の言いまわしに、読者は不信感を抱く。そこから「大人の恋」なんていう、ありがちな言葉の世界への不信につながるのだ。

斉藤作品。ちっぽけなものの例示なのだが、コダワリにも似た凝視的な具体性に作品への信頼感が大きく揺らぐ。そこから、将来は無条件にイイモノだと思わせられている一般常識への不信へとつながる。

③意図的な欠落

〈ああこれが夫婦かごうごうと電車がすぎゆくまでを待つ〉の理由のように、何かが欠落している作品は、それだけで、私たちを不安な気持ちにさせる。

葡萄つみあげてゆくおんな　たちまちあらわにならぬものか　『喝采』

右手のざらざらが左手にうつる気配をたのしまんとす　『レセプション』

それでよいではないかサンシャインプリンス灯を消しはじめたり

感想と具体例のない僕たちがコーラの蓋を閉めて眠る夜　望月裕二郎『あそこ』

あらわなものとは何か、ざらざらとは何か、それでよいとは何か。

望月作品。感想と具体例とは、そもそも具体的に何のことなのだろう。コーラの蓋も喩として機能していない。そんな欠落した不安定な気持ちのまま僕たちは眠るのだ。

④脈絡のない展開

〈横断歩道《ゼブラゾーン》にチョークで人型を書きもう一人を追加したり〉のように、展開の脈絡のなさが作品の読みどころ。しかし、単なるナンセンスにならないためには、内容が重要となる。

口数が多い牛ほどうまいという近江屋の嘘は五代目で終わる　『スミレ幼稚園』

首とわかるまで網棚をころがりてゆくむこうまでゆく　『火ダルマ』

一生に掛ける眼鏡は平均十四とぞ　もうひとつ追加をしよう

後ろから刺された僕のお腹からちょっと刃先が見えているなう

木下龍也『つむじ風、ここにあります』

三首目。下句の展開があることで、平均十四といった明らかなウソに妙な信憑性が生まれ、読者は混乱する。その混乱に乗じるかのように人間の一生なんていう、巨大なテーマがやすやすと盛られている。

木下作品。後ろから刺されているといったグロテスクな設定に対し、結句のツイッター用法の「なう」が鮮やか。社会風刺も死生観も現代社会の不信感も盛り切った、まさに「不条理」というべき作品といえよう。

わからない歌、わかる歌

現代の短歌作品には、一読「わからない」、という歌がある。

ただし、この「わからない」は、表現や言葉が難しくてわからない、というのではなく、表現は平易で言葉の連なりも正しいけれど、「え、この歌の何がいいの？」というような、いわば、「作品の良さがわからない」といったわからなさではないだろうか。

例えば、こんな歌。

ほんとうにおれのもんかよ冷蔵庫の卵置き場に落ちる涙は　　穂村弘『シンジケート』

どうだろう、この「作品の良さ」が果たしてわかるだろうか。

初句二句の「ほんとうにおれのもんかよ」は、〈主体〉のモノローグととらえていいだろう。

そして、三句以降は倒置となっていて、冷蔵庫の卵置き場に落ちる涙は、ほんとうにおれのもんかよ…、と読めよう。

で、「わからない」のは、「卵置き場に落ちる涙」のところだろう。卵置き場というのは、どの冷蔵庫にも必ずある、卵を冷やすために空いている円形のあれ、だ。その卵置き場（の穴に）涙がポタリと落ちているのをみて、〈主体〉は嘆いているのだ。

と、かなり詳しく歌の解説をしてみたけれど、多分、まだこの歌の良さはわからないと思う。

そこで、この歌を並べてみよう。

東海の小島の磯の白砂に／われ泣きぬれて／蟹とたはむる　　石川啄木『一握の砂』

この啄木の作品を「わからない」という人はいないだろう。青年期の孤独感とか寂寥感とかといった感情が実によく詠われていて、誰もが深く共感することだろう。

では、再び穂村の作品を読み返してみよう。こちらも、啄木の作品と同じく、青年期の孤独感や寂寥感といったものを詠っていると読めないか。

そうなると、ここでの「わかる」のと「わからない」との違いというのは、蟹と遊んでいるのと、冷蔵庫を開けて覗き込んでいるのとの違いとなろう。

今、違いといったけど、実のところ、筆者は、どちらも戯画化されたオーバーな描写だな、と思っている。啄木の歌でいうと、哀しみを表現するのに、蟹と遊ぶイジけた描写で同情を誘うなんてなあ、と思うし、穂村の歌でいうと、卵置き場に涙を落とすなんて、ずいぶんとまあ哀しみをオーバーに表現したもんだな、と思う。つまり、歌の構図は啄木も穂村も同じなのだ。

であれば、あとは私たち読者が、卵置き場に涙する青年に抒情できるかどうかということになる。もし、蟹と遊んでいる戯画化された情景に抒情できるのなら、穂村の戯画化された情景にも抒情できると思うが、どうか。

では、ここで、「わからない」が「わかる」ためのキーワードを提出しよう。それは、抒情だ。現代の歌人も、近代の歌人と同じく、抒情したがっているのだ。抒情したいがために昔も今も人は詠うのだ。と思えば、少しは現代短歌が身近に感じるのではないか。

ということを踏まえて、次の作品をみてみよう。次はこんな歌。

女子トイレをはみ出している行列のしっぽがかなりせつなくて見る

斉藤斎藤『人の道、死ぬと町』

コンサート会場の休憩時間とか、試合の終わったスタジアムの帰り際とかになると、女子トイレは大変混雑する。それは男子トイレの比ではない。トイレを待つ行列がトイレからはみだして通路にまで及んでいるなんてのは、いつだって女子トイレだ。〈主体〉は、そんな女子トイレからはみ出してしまった行列のしっぽを見ている。そして、それがかなりせつない、というのだ。何だか無理やり一文にしたような文体のねじけた感じも、〈主体〉の切なさを表現している、といえそうだ。

しかしながら、多くの読者にとって、そうした女子トイレの光景はわりと見かけるものではあるけれど、それを見た〈主体〉が切なく思うことについては、さっぱり「わからない」のではないか。

なので、先ほどと同じく、別の作品を並べてみよう。

白鳥《しらとり》は哀《かな》しからずや空の青海のあをにも染まずただよふ　若山牧水『海の声』

こちらはたいへんよくわかる作品だ。こちらの近代短歌の〈主体〉は、海辺で白鳥をみて哀しからずや…、と感嘆した。

一方、斉藤のえがく現代の〈主体〉は、行列のしっぽをみて、せつない…、と感嘆している。つまり、筆者にいわせれば、どちらも何かを対象として抒情したがっているのだ。片や、海の上をただよう白鳥に、片や、女子トイレのはみだしている行列のしっぽに。抒情の対象が違うだけで、昔も今も、作歌の動機は同じなのだ。だから、牧水の歌の良さがわかる人は、斉藤の歌の良さもわかると思うが、どうだろう。

せっかくなので、もう一首。

ねむらないただ一本の樹となってあなたのワンピースに実を落とす　笹井宏之『ひとさらい』

この作品については、先の穂村や斉藤の作品と比べて、一読「わかる」人が多いのではないかと思う。

「ねむらないただ一本の樹」という、静謐でかつ幻想的なイメージ。「ワンピース」には清楚さや純潔さといったコノテーションが張り付いていよう。樹から落ちる「実」は、〈主体〉の分身であり、小さな生命の源であり、永遠性のメタファーともいえる。また、実が落ちる、のではなく、「実を落とす」という、〈主体〉の能動性を示す表現によって、〈主体〉の「あなた」に対するほの淡い情感も読み取れよう。

作者の笹井は、幼少時から難病を患い、ほぼ寝たきりの状態で歌作をしていたという。瑞々しい抒情をたたえた作品を多く遺し、二十代で逝った。

さて、この作品にも、近代の歌人の作品を並べてみよう。近代短歌で著名な病身の歌人、となると、そう、この歌人がふさわしい。

瓶にさす藤の花ぶさみじかければたゝみの上にとゞかざりけり　　正岡子規『竹乃里歌』

笹井は、現代の子規といってもいいだろう。

ただ、子規の場合は、目に見えるものをひたすら写生することで抒情したのだが、笹井の場合は、イメージを自在に飛ばして作品にした。起き上がって自由にあちこち見て感じることができないからこそ、ベッドの中で自身の詩的イメージをひたすら純化させて、透明感のある作品世界を作りあげたのだ。

そして、その作品世界は、広く私たちの共感を誘う。抒情をたたえた作品であるからこそ、私たちは、笹井の作品世界が「わかる」のだ。

前衛短歌は勝ったか負けたか

議論するまでもなく、前衛短歌は時代の流れとともに敗れ去った。

前衛短歌は、近代短歌が築いた自然主義文学のアンチテーゼとして、また、第二芸術論の実践的反証として、短詩型文芸の新たなパラダイムを切り拓く、野心的で実験的なムーブメントだった、…ということについては、最大限の賛辞を惜しまない。けど、短歌史としては、それだけだった。時代とともに、役割を終え、消えた。前衛短歌は、短歌史に咲いた仇花だった。

いやいや、そんなことはない、と反論したいかもしれないけど、だったら、本誌「短歌人」の作品欄をひらいてみればいい。果たして、そこに前衛短歌作品は今ぞ盛りと咲き誇っていようか。どうだろう。そこにあるのは、かわりばえのしない〈われ〉の日常をいかに写実的に切り取るかに汲々とした、自然主義的作品ばかりじゃなかろうか。

やっぱり、ああした前衛の手法を短歌に持ち込むのは無理があった。いや、あの当時、短歌に限らず、いろんな芸術分野がアバンギャルドに毒されていた。いうなれば前衛は、「はしか」のようなものだった。

では、前衛短歌のどんな手法に無理があったのだろう。その点について、流行り病の癒えた今日の立場から、振り返ってみることにしよう。以下、無理があった前衛の手法について三点ほど述べる。

①気持ち悪い韻律

革命歌作詞家に凭りかかられてすこしづつ液化してゆくピアノ　塚本邦雄『水葬物語』

短歌の生命は韻律である。韻律がなければ、韻詩文芸ではありえない。当たり前である。しかし、そんな当然のことを壊そうとしたのだから、野心的というか、はじめから勝ち目のない挑戦だった。「オリーヴ油の河にマカロニを流しているような韻律」（塚本「ガリヴァーへの献辞」『定型幻視論』）というたとえは、筆者には何言ってんだかさっぱりわからないが、ともかく、そういう旧来の韻律に対抗すべく、「新しい調べ」を模索し、「語割れ、句跨りの濫用になっても些も構うことは無い」（前掲書）と言い切っちゃうのだがら、それはまさしくドンキホーテ的試み（安売りという意味ではない）であったと言わざるを得ない。

掲出歌。調べがヒドい。読んで気持ちよくない。五句三十一音は、五音七音の単位だからこそ成立しているわけで、それを壊したら五句三十一音の生理にあわない、気持ち悪いものになってしまう。気持ちが悪いのも文芸だ、というテーゼも成立はするだろうけど、こんな作品ばかりなら、これはもう短歌じゃなくて、別の短詩型文芸といったほうがしっくりくる。

②器にあわない話題

アカハタ売るわれを夏蝶越えゆけり母は故郷の田を打ちていむ　　寺山修司『空には本』

篠弘によれば、前衛短歌の方法は、「すべてが『私』の拡大に関わっていた」という。そして、「現代人の共通認識や観念的な思想のようなものも、作品の内部にもち込まれてくる」という（篠『『私』の拡大」『現代短歌史Ⅱ』）。篠は、慎重に「思想のようなもの」と言葉を選ぶけど、とにかく、そんなようなものを短歌に持ち込んだことが、そもそもおかしい。思想は論理の体系だ。論理を展開したいのであれば、散文で存分にやればいいのである。わざわざ短歌でやることではない。当然、短詩型文芸でやるのは不自由このうえなく、作歌は連作を前提としていた。

寺山も、当然ながら連作を前提として、多様な〈私〉、フィクショナルな〈私〉を試みた。何で、そんな大それたことを短歌形式でやろうとしたのか、今となってはわからない。それに似合う文芸がほかにあったろうに。現代詩か、小説あたりがしっくりこよう。短歌で〈私〉を拡大しようなんて、そもそも器が違っていたのである。

③わからない隠喩

海こえてかなしき婚をあせりたる権力のやわらかき部分見ゆ　　岡井隆『朝狩』

前衛短歌は、喩法を拡げた。結果、短歌表現に豊かな修辞をもたらしたのは間違いない。けど、何事もほどほどが肝要だ。やりすぎはいけない。拡げすぎちゃうと、何を詠っているのか読者はわからなくなる。とくに、社会詠となると、当時の時代背景がわからないまま喩を塗されちゃうと、もうお手上げとなる。

掲出歌。平成の世で、これを初めて読んで六〇年安保を詠っていると誰がわかろうか。おそらく、誰もわからない。もう、解説書がないと、解読ができない歌だ。歌の鑑賞に解説書が必要だなんて、同時代の歌じゃない。すなわち前時代の代物、骨董と化してしまっている。

当時の日米間の条約を、かなしい結婚と見なしているのだけど、当時の状況が、果たして、岡井の詠う状況だったのかどうかは疑問である。現代に生きる筆者には、かなり偏った見方にも思える。

また、「やわらかき部分」を「恥部」と読み、かつ女性器とする読みがある。筆者もそう思うけど、寺山修司は男性器と読む（「公奴隷と私奴隷」『寺山修司短歌論集』）。正反対じゃないか。これでは、いくら喩としてもいい加減に過ぎよう。筆者には、当時の時代のムードが、この歌を秀歌たらしめていた、と言わざるを得ない。

そうして、時代の流れとともに前衛は敗れ去り、今日の短歌は、近代から脈々と息づく〈われ〉の日常を切り取った作品が主流だ。もし、前衛が勝ち残り、現在の短歌の主流となっていたらどうだろう。

短歌は、一握りのインテリや物好きな韻詩愛好家の高尚で難解な文芸となり、「短歌人」をふくめ、すべての結社はとっくに霧散してしまっていただろう。そして、日本全国の公民館で歌会が開かれたり、あるいは新聞雑誌に一首投稿したり、あるいは高齢者が人生の余技として愉しんだり、あるいは若者がネットで作品を発表しあったりなんていう、今日の素敵な状況には、まったくなっていなかったろう。

負けてよかったのだ。

短歌の「異化」作用とは何か

今年（二〇二三年）は斎藤茂吉の没後七十年のメモリアルイヤーでもあるので、茂吉の作品から短歌の「異化」作用について述べていきたい。

そして、茂吉からはじめて、現代短歌の「異化」作用の技法へとうまくつなげたいと思う。

茂吉の「おかしさ」

まずは、斎藤茂吉の『赤光』初版から次の四首を。

氷《こほり》きるをとこの口《くち》のたばこの火赤《あか》かりければ見て走りたり
あかき面安らかに垂れ稚《をさ》な猿死にてし居れば灯《ひ》があたりたり
くれなゐの百日紅は咲きぬれど此《この》きやうじんはもの云はずけり
わが庭に鵞《あひる》ら啼きてゐたれども雪こそつもれ庭もほどろに

簡単に、散文的に解読しよう。

一首目。氷屋の男が店の前の路地で氷を切っている。その男のくわえている煙草の火が赤かった。だから、われは見て走ったのだった。

二首目。赤い顔が安らかに垂れている子どもの猿。その猿が死んでいる。だから、その死んだ身体に軒先の灯があたっているのだった。

三首目。あかいサルスベリが咲いている。けれど、ここにいる精神病の患者は黙ったままだった。

四首目。われの庭でアヒルがないている。けれど、雪が積もっている、庭にうっすらと。

こんな感じだろうか。

さて、この四首、実は、すでに大辻隆弘が論考「確定条件の力」で、次のように論じている。長くなるが、関係の部分を引用したい。


この一首（「氷きる〜」の歌―引用者）は夜道を駆けていたときの嘱目である。（中略）状況はよく分かる。しかし、その表現はいささか過剰だ。特に、この歌の下句「赤かりければ見て走りたり」という表現が、どこか過剰で読者には分かりにくい。

この「赤かりければ」は、形容詞「赤し」の連用形に、過去を表す助動詞「けり」の已然形がつき、そこに接続助詞「ば」が付されたものである。已然形に「ば」がつくと順接の確定条件を表す。「〜から」「〜ので」という原因や理由を表したり、「〜すると」という因果関係をはらんだ接続を表したりする語法。それが「已然形＋ば」なのだ。この歌の場合、間接体験過去の助動詞「けり」を用いているところに少し違和感があるが、それを無視すれば、この第四句はとりあえず「赤かったから」と訳すことができる。（中略）「已然形＋ば」だけではない。『赤光』には「已然形＋ど」や「已然形＋ども」といった語法も頻出する。

先の「已然形＋ば」が「順接の確定条件」を表すのに対して、この「已然形＋ど」や「已然形＋ども」は、「逆接の確定条件」を表す。分かりやすく言えば「本来はAであるはずなのだが、結果は意外にもBになった」という感じのニュアンスを持った語法なのである。発話者の予想が裏切られたときに使われるのがこの言い回しなのだ。（中略）

この歌（「くれなゐの〜」の歌―引用者）は、青年医師であった茂吉の、（中略）感傷を描いたものなのだろう。

が、「サルスベリは咲いたけれど患者はものを言わない」という茂吉のこの論理には、いささか無理があるのではないか。このように茂吉が感じる背後には「サルスベリの花が咲いたのだから、患者もまた、当然、緘黙を解いてくれるはずだ」という希望的観測があろう。が、もちろんその予想には何の根拠もない。それは茂吉の勝手な思い込みであり、ひとりよがりに過ぎない。（中略）

先の歌（「已然形＋ば」の語法が用いられた歌のこと―引用者）同様、これらの歌（「已然形＋ど」や「已然形＋ども」といった語法が用いられた歌のこと―引用者）にも、茂吉の過剰な熱意や過剰な自意識が溢れ出ている。私たちは、この過剰さに驚きながらも、その背後にある青年の心のエネルギーに触れ、そこに胸打たれるのである。

大辻隆弘「確定条件の力」『近代短歌の範型』

いかがであろうか。

大辻は、掲出した四首について、どの歌も過剰な表現であることを指摘する。けれど、筆者は、ここで別な論点を提出しよう。

こうした、「已然形＋ば」ほかによる確定条件。これ、大辻は「過剰さ」という表現を使って論述しているけれど、筆者にいわせれば、単純に日本語として「おかしい」使い方だと思う。茂吉の作品にある、言葉の使い方。日本語として、茂吉のような言葉の使い方は、単純に「おかしい」。

斎藤茂吉という大家が使い、韻文で、しかも文語だから、現代の私たちは、ふーん、そういう表現もアリかな、と思ってしまうけど、茂吉だろうが韻文だろうが文語だろうが、日本語としておかしなものはおかしいのだ。

「たばこの火が赤かったから、われはそれを見て走った」というのは、日本語として、普通は「〜から」でつながらない。大辻がいうように「強引に因果関係で結びつけ」ているから、日本語として、おかしくなっているのだ。

二首目以降も同様だ。

「赤い顔の子どもの猿が死んでいるから、身体に軒先の灯があたっているのだった」も、「あかいサルスベリが咲いているけれど、ここにいる精神病の患者は黙ったままだった」も「庭でアヒルがないているけれど、庭にうっすらと雪が積もっている」も、普通はつながらない二つの事象を「〜から」や「〜けれど」でつなげているから、日本語としておかしくなっている。

こうした強引な因果関係、というか、そもそも因果関係たりえない状況を、「已然形＋ば」ほかの確定条件によって因果関係にしてしまう、ということが、この「おかしさ」の元凶なのだ。

因果関係にできないものを、強引に因果関係のあるものにしてしまえば、日本語として「おかしく」なるのは当然である。

しかし、そんな「おかしい」叙述なのだが、「おかしい」ことで、何か普通とは違うことが生じた。

これが、韻文の面白いところだ。句切れなく、一首をするすると、強引につなげてしまったので、日本語として、たしかに「おかしい」んだけど、それだけではないことが一首のなかに起こっている。それが、本稿のテーマである「異化」だ。

短歌作品の「異化」作用とは

氷屋の男の煙草の火が暗闇で赤く灯っている事象と、われが走っている事象とは、本来であれは、何の関係もない。つまり、因果関係はない。煙草の火を見つつ、我は走った、とするのが、順当な叙述だ。しかし、その関係のなかった二つの事象を、強引に因果関係があるものとして、「赤かったので、われは走った」と因果関係がある状況として叙述したことで、二つの事象がさも因果のある関係として、読者の眼前に立ち現れてしまった、ということになる。これが、「異化」だ。

つまり、普通ではないつなぎ方をしたことによって、普通ではない状況が立ち現れた、ということだ。

読者としては、何だかへんだなあとは思うけど、そう叙述されている以上、そのように状況を受け入れるわけだが、その叙述は、日本語としておかしいのだから、どうにもモヤモヤした感覚が残る、という感じになる。そのモヤモヤした感じを、例えば、大辻であれば、青年茂吉の若さによる過剰さなのだ、といったように結論づけたりするわけである。

今回、茂吉の作品で取り上げたのは、二つの事象を、おかしなつなぎ方でつなげることで、普通ではない状況を生み出している、といった短歌の「異化」作用の表現技法といったものである。

これ、あんまり露骨にやると、日本語として完全におかしくなるので、作品としてはぶち壊しになるが、露骨過ぎずに、よくわからないけどなんか変な感じ程度におさえておけば、「異化」作用としては、じゅうぶん成功する、といえるだろう。

現代短歌の「異化」

さて、茂吉のこうした叙述だが、茂吉としては、別に状況を「異化」しようとして、こうした表現をしているのではないだろう。

では、はじめから「異化」するのを意図した短歌作品には、どういうものがあるか。

現代短歌で、「異化」作用について、恐らく、かなり意識的に作品化している歌人として、永井祐をあげることができよう。

赤羽駅から商店街を抜けていき子育てをする人たちに会う

待てばくる電車を並んで待っている　かつおだしの匂いをかぎながら

携帯のライトをつけるダンボールの角があらわれ廊下をすすむ

座り方少しくずれて気持ち良くピンクのＤＳを見ているよ

永井祐『広い世界と２や８や７』

どの歌も平易な日本語だし、表現も簡単で、日頃短歌を読まない人でも、するすると読んで理解することができるだろう。

けれど、何か、居心地の悪さがしないだろうか。何か、変な感じがしないだろうか。

それは、普通とは違う文章、あるいは、散文のようで、散文ではこういう書き方をしない文章、といった感じか。

この居心地の悪さ、というか、変な感じ、というのが、まさしく短歌の世界の「異化」なのだ。

それは、日常の見慣れた状況が叙述されているはずが、なんか、普段とは違う書き方をしているので、日常とは違う状況のように感じる、といったものかもしれない。なので、短歌の「異化」とは、日常で見慣れたものが、作品を通して、違ったものに見えてくる、ということだ。

一首目。どこが変かというと、「子育てをする人たち」だ。普通は、こういう言い方はしないだろう。日本語を学習している外国人が使う表現のようである。こういうおかしな日本語の使い方をすることで、親子が歩いている風景に会った、あるいは、子育て真っ最中の友人に会いにいった、という、ごくありふれた日常の光景を、「異化」しようと試みているのである。また、「赤羽駅」という固有名詞も、まったく効いていない。会ったのが赤羽である必然性はまったくない。普通の商店街のある街だったらどこでもいい。だって、ありふれた日常を「異化」するための作品なんだから。日常的ではないというか、グッとくるような街の名前だったらかえって困るのである。なので、この初句も、状況を「異化」するために考えられている、といえばそうである。

二首目は、「待てばくる電車」。こちらも、ありふれた日常の光景を韻文にのせて、日常を「異化」する試みだ。「待てばくる電車を並んで待っている」と、リズムよくするすると読むと、そうだなあと納得してしまいそうになるが、待っても待たなくても電車はやって来るので、「待てばくる電車」という表現は、日本語として危うい。そんな、ちょっとした読者の違和感を利用して状況を「異化」しようとしている、といえよう。

さて、ここまでは、わりと簡単に説明ができたのだが、三首目からは、かなり複雑な様相となる。

三首目。現在形終止が二つある二句切れということでいいだろう。省略している部分を補って散文化するならば、「携帯電話のライトをつける。すると、ダンボールの角があらわれて、廊下を進む」と言った感じになる。

どうであろう。どうにも変な文章とはいえないだろうか。

携帯のライトをつけたり、廊下を進んだりしているのは、〈主体〉である。ここに疑義の余地はない。では、この作品を語っているのは誰か。と、いうと、これは〈語り手〉としかいいようがない。

「携帯のライトをつける」の部分は、〈主体〉と〈語り手〉が同じ視点で同じものを見ている。つまり、携帯のライトをつけている〈主体〉と、ほぼ同じ場所で、〈語り手〉が語っている。しかし、ダンボールの角があらわれた辺りから、この視点がずれる。つまり、「廊下を進む」というのは、完全に〈語り手〉と〈主体〉が離れている状態だ。なぜなら、もし、同じ視点であったら、廊下を進むのではなく、「廊下を歩く」となるはずだからだ。

つまり、上句と下句で〈語り手〉の視点がズレているのだ。これが、違和の原因だ。

このことは、主語を補うとよりわかり易くなる。

「私は携帯のライトをつける」は、日本語としてOKだが、「私は廊下を進む」は日本語として変だろう。普通、日本語ではこういう使い方はしない。「彼は廊下を進む」ならOKだ。あるいは、「私は廊下を歩く」ならばいいだろう。

なので「私は廊下を進む」といった、ほんのちょっとした微妙な日本語の違和が、こっそり隠されているのだ。

四首目の違和感も、三首目と同じ構造の違和感だ。どこか、日本語の使い方がおかしい。

では、どこがおかしいか。

というと、これは、「くずれて」のところ。ここは、「くずして」が正しい。

つまり、「私は、座り方を少しくずして、ピンクのDSを見ているよ」が正しいわけで、「私は、座り方を少しくずれて、ピンクのDSをみているよ」では、日本語としては完全な誤りとなる。

電車か地下鉄かに乗っていて、〈主体〉がピンクのDSを漫然と見ている状況を歌にしたのだろう。そして、三首目と同じく、「くずれて」ではなく、「くずして」と、〈主体〉と〈語り手〉の視点を、ズラしたところで、状況が「異化」されたのだ、というのが筆者の主張である。

ただし、この作品については、〈主体〉は〈私〉ではなく、〈私〉以外の誰か、という読みもできなくはない。すなわち、「電車で、私の向かいに座っている人が、座り方を少しくずして、隣の人のピンクのDSを見ているよ」といったような読みもできなくはないのだ。そうであれば、「くずれて」の用法は誤りとはいえなくなる。

しかし、主語の省略は〈私〉として読む、というのが、短歌の読みのセオリーだから、筆者としては、後者の読みについては否定的だ。

やはり、この作品は、「くずして」と使うべきところを、あえて他者的に「くずれて」と使い、〈主体〉と〈語り手〉の視点を分離させることで、状況を「異化」している作品である、と、繰り返しになるが主張しておきたい。

オノマトペ技法の最近の効用〜穂村弘『水中翼船炎上中』をテクストとして

人や物の様子を形容したり説明したりするのに使われるオノマトペは、一般に慣用表現として広く意味が共有されている。そうした一般的なオノマトペは、慣用表現である以上、詩歌の修辞としては凡庸で平凡な表現という誹りを免れない。そこで、短歌形式では、そんな慣用表現としてのオノマトペをどうやったら詩歌の修辞として非凡なものにできるか、というのが作歌上の課題となった。なぜなら、短歌を含む詩歌とは、世の中にある慣用表現を、修辞技法の拡張によって、詩的修辞へ昇華させる実践といえるからである。

そうして、オノマトペ表現の修辞技法としての拡張が、作歌の場面で様々に実践された。短歌でのオノマトペの使用とは、こうした実践上の道のりであったといえよう。

穂村弘『水中翼船炎上中』もまた、オノマトペ技法に注目して読むならば、そうした道のりの途上にある歌集と位置づけることが可能であろう。実際、歌集にはたくさんのオノマトペがある。筆者が数えたなかでは、三二八首中、実に七十六首、割合にして二割をこえる。さながらオノマトペ技法のカタログといった様相である。

本稿では、歌集中にあるそれらオノマトペ技法を整理しながら、これまでの実践でみられた技法拡張の延長線上にある用法の他に、本歌集で新たに実践されていると思われる用法を取り上げて、それぞれの効用を議論していきたい。

これまでの技法拡張の延長線上にあるオノマトペ表現としては、次のような用法をあげることができる。

きらきらと自己紹介の女子たちが誕生石に不満を述べる
陽炎の運動場をゆらゆらと薬缶に近づいてゆく誰か
警官におはぎを食べさせようとした母よつやつやクワガタの夜

一首目。「きらきら」は、自己紹介をしている女子たちが、きらきらしていると読める。「女子」「自己紹介」から、新入学やクラス替えのイメージが浮かぶ。けれど、この「きらきら」は、下句の誕生石のイメージにも重なる。つまり、この歌は、「きらきら」を新学期の女子と誕生石の二つのイメージに重ねている、と読める。

二首目も同様。「ゆらゆら」は、「誰か」の様子を説明しているが、陽炎が「ゆらゆら」しているイメージにも重なる。三首目の「つやつや」も、夜行性である「クワガタ」の背中と「おはぎ」の両方に重ねている。あるいは、若かった母親の肌が「つやつや」していたという読みも可能である。いずれにせよ、「つやつや」に複数のイメージを重ねている。

こうした用法は、ひとつのオノマトペにいくつかのイメージを重ねて、一首の詩的イメージを膨らませようとする修辞技法といえる。多くの言葉を詰め込めない短歌形式で、慣用表現であるオノマトペの意味の共有性を利用して、イメージを重ねていこうという用法であり、これは、これまでも実践されてきた。

例えば、北原白秋の『桐の花』から有名な一首。


君かへす朝の舗石《しきいし》さくさくと雪よ林檎の香のごとくふれ

「さくさく」。舗石を踏む音に林檎を齧る音のイメージが重ねられている。また、朝空に雪が清らかに降るイメージを重ねることもできよう。「さくさく」から、これらイメージの重層的な効果を得ることができる。このようなオノマトペ技法の延長線上に、先に上げた三首があるといってよいであろう。

では、次の作品からは、どんな技法がみられるか。

夜の低い位置にぽたぽたぽたぽたとわかものたちが落ちている町
みつあみを習った窓の向こうには星がひゅんひゅん降っていたこと
夜になると熱が上がるとしゅるしゅると囁きあっている大人たち

一首目。「ぽたぽたぽた」。若者はそんな風には落ちない。そんな風に落ちるのは、水滴のような液体である。であるから、この作品は、コンビニの駐車場などの地べたに座っているような若者を水滴のようなものに喩えていると読める。

二首目。「ひゅんひゅん」。星がそんなミサイルみたいに降ったら大変である。これは、みつあみを初めて習った女の子の心象のようなものを星の降る様に喩え、それがミサイルみたいに降っていたといいたいのだろう。

これらの作品は、「わかものたち」や「星」や「大人たちの囁き」の様子を形容したり説明したりするのに、それらにふさわしいオノマトペではなく、水滴やミサイルや蒸気といった違うイメージの慣用表現であるオノマトペをぶつけて、詩的効果を生み出しているもの、といえる。

こうした用法もまた、慣用表現として意味の共有が可能なオノマトペの特性を利用して、二つの違うイメージを重ねようとする、短詩型ならではの技法の拡張といえ、これまでも実践されてきた用法である。

足もとに芽吹く間際の種ありてどくどくどくと日が暮れていく　勝野かおり『Br　臭素』

葉の匂いざあと浴びつつさきほどの「君って」の続き気になっている　江戸雪『百合オイル』

あをぞらがぞろぞろ身体に入り来てそら見ろ家中あをぞらだらけ　河野裕子『母系』

それぞれ、「日暮れ」に赤い血流を、「葉の匂い」にシャワーや通り雨を、「あをぞら」に人群れのようなものを重ねることで、重層的なイメージの効果をあげようというものである。

こうした技法のほかに、本歌集には、オノマトペの音喩的特質に注目し、それを強調する用法もみられる。三首ほどあげておく。

さらさらさらさらさらさらさらさらさらさら牛が粉ミルクになってゆく
五組ではバナナはおやつに入らないことになったぞわんわんわんわ
ああ、死んだ、父は応えて、厳かにポットを鳴らす、うぃーん、ぃーん

こうした用法は、主として音を模した独創的なオノマトペ技法の延長線上にあるものととらえてよいであろうし、また、ライトヴァース以降さかんに実践された音喩反復による詩的効果を狙った、実験的な用法の延長線上にあるともいえよう。

以上、おおまかではあるが、これまで実践されてきたオノマトペの用法の一端をみてきた。こうした用法は、今後も様々な歌人に実践されることで、様々なバリエーションが生まれ、修辞技法として深化・洗練されていくであろう。

では、次に、本歌集で新たに実践されていると思われる用法をみていくこととしよう。

夏休みの朝のお皿にさらさらとコーンフレーク零れつづける
大晦日の炬燵蒲団へばばばっと切り損ねたるトランプの札
冷凍庫の奥の奥にはかちかちに凍った貯金通帳の束
ひんやりと畳の上の鯨尺踏んで見ている庭の向日葵
パンツとは白ブリーフのことだった水道水をごくごく飲んだ

ここにあげた五首のオノマトペ、すなわち「さらさら」「ばばばっ」「かちかち」「ひんやり」「ごくごく」に、独創性はない。凡庸で平凡な慣用表現としてのオノマトペである。せいぜい、一首目にあるような「お皿にさらさら」といった韻律の処理のための使用にすぎず、修辞技法としてことさら議論することはない。また、これまで見てきたような、イメージの重層とか、違う慣用表現をぶつけようとか、音喩の実験とかというものでもない。用法としては、いたって普通、平凡である。これはいったい、どうしたことであろうか。

こうした、平凡な用法にこそ筆者は、『水中翼船炎上中』にある、オノマトペの新しい用法とみる。すなわち、慣用表現であるオノマトペをあえて使用することで、一読、凡庸で平凡な作品に思わせるという用法である。

集中には、少年時代の回想がテーマとなっている作品が多い。そこでの〈主体〉は、少年時代を回想している大人には違いないけれど、あえて稚拙な表現を使用することで、あたかも子どもが詠っているかのようなクロスオーバーが生まれる。そのうえ、もう戻れないあの頃、みたいな、ノスタルジーとか抒情性とかそんなものを醸し出すことも期待できるのだ。

すなわち、現代短歌のオノマトペの用法として、あえて平凡な慣用表現としての使用は、作為された稚拙さを生み出し、さらに少年時代の回想といったテーマと共鳴し、ノスタルジーや抒情性をも生み出す効用がある、ということがいえよう。

また、こうしたオノマトペのもうひとつの効用としては、当然ながらリズムが良くなるということがあげられる。リズムが良いというのは、それだけ歌が軽くなるということでもある。重厚な味わいといったものではなく、軽やかで表層的な気分をあらわすのに、平凡なオノマトペはぴったりなのだ。

さて、こうした新しい用法には、次のようなバリエーションも生まれる。

長靴をなくしてしまった猫ばかりきらっきらっと夜の隙間に
さよならと云ったときにはもう誰もいないみたいでひらひらと振る
冷蔵庫の麦茶を出してからからと砂糖溶かしていた夏の朝

これらは、オノマトペによって形容されるものが省略されている。すなわち、「きらっきらっ」と光るのは猫の目であり、「ひらひら」と振っているのは手であり、「からから」と鳴っているのは、コップにあたっているスプーンである。これらのオノマトペは、平凡な慣用表現であるがゆえに読者に揺らぐことのない共有の意味を持たせられるため、「目が光る」や「手を振る」や「スプーンがコップにあたる」といった説明をせずとも、読者は一読わかるのだ。慣用表現であるからこそ、省略が効くという用法というのは、多くの言葉を詰め込めない短歌形式としては、実に効果的な用法といえよう。

さらに、オノマトペが慣用表現であることを利用することで、オノマトペそのものをモノとしてあらわすことができるようになる。すなわち、オノマトペの名詞化である。

お茶の間の炬燵の上の新聞の番組欄のぐるぐるの丸
商店街大売り出しの福引のからんからんと蟹缶当たる

一首目は、新聞のテレビ欄に観たい番組を赤ペンなんかでマルをしたものを「ぐるぐるの丸」と名づける。二首目は、福引の大当たりのときに鳴らされる鐘を「からんからん」と名づける。こうした名詞化は、本来はモノの様子を説明するために使用されたオノマトペ用法の進化といえるかもしれない。ただし、これらは、幼児語と同じである。すなわち、幼児が、車が走っているのをみて、「ブーブーだ」と言っているのと同じであり、短歌表現の幼児化ともいえ、実は詩的表現の退行である、という主張も成り立つかもしれない。

ともあれ、歌集中にあるこうした新しいオノマトペの用法が、この先、廃れていくのか、あるいは、深化・洗練されていくのか、現代短歌のオノマトペの表現技法について、今後も引き続き注視したい。

心の「揺れ」をどう詠うか～栗木京子『水仙の章』を読む

短歌は「機会詩」としての側面を持つ。

他の文芸と比べても、短歌は社会事象にコミットしやすい詩形であろうし、私たちが社会事象から受けた心象を、詩へと昇華することについても、比較的容易にこなせる詩形といえよう。角川「短歌」は、東日本大震災から二年たった二〇一三年三月号で「いま、歌人が思うこと」という小特集を組んでいる。総合誌のこうした編集方針というのは、短歌の「機会詩」としての側面を踏まえているものといえよう。

この小特集で、筆者は永田和宏の論考に特に注目した。

永田は論考の冒頭で「私はこれまで繰りかえし、機会詠の大切さを言ってきた」と述べたのち、後段で次のようにいう。

「しかし、歌において見たいものは、そして読みたいものは、あらかじめそこにある結論ではなかったはずだ。たとえ結論は同じでも、結論へいたるまでの精神の軌跡、その揺れの幅にこそ、詩としての歌の存在する意味があろう」

なるほど、永田は「揺れの幅」にこそ、詩としての歌の存在する意味があるというのである。この「揺れ」の対極とするのが「価値観の表明」の歌という。永田は「単一の価値観でものごとを判断し、結論を強要する感性のあり方」を「もっとも嫌悪する」と主張する。そして、その理由を次のようにいう。

「個人は本来、自己の意見を決定する局面においてかぎりなく臆病なものだと思う。常に非決定性の揺れ幅のうちを揺れ続けているのが、個人のまっとうな意思決定のあり方の実態でもあると私には思われる」

ここでも、永田はやはり「揺れ」という表現で、人の意思決定のあり方の実態についての私見を述べている。

筆者は、この永田の主張を首肯する。

永田がいう「揺れ」をどのように詩として昇華させているかが、「機会詩」としての短歌の評価となろうし、私たちがその歌について議論をする際の要諦でもあろう。

栗木京子『水仙の章』を読む。この栗木の第八歌集を機会詠の作品集というつもりはない。ただ、東日本大震災を強く意識して歌が編まれていることは、「水仙」を被災の象徴としてタイトルに採っていることからも推察できる。

歌集には、震災に対する心象がいくつも詠まれている。

被災せし人をおもへば……など言ひつつ照明落とすも他者の驕りか

皿汚しながらひとりの昼餉終へ誰にともなく手を合はせたり

カップ麺の蓋押さへつつ思ひをりわが部屋に火と水のあること

震災からさほど経っていない、まだ余震の続いている、列島も私たちも落ち着かなかった時期に詠まれた歌である。

「……」は、まさしく心の「揺れ」をそのままにして投げ出してしまったかのようだ。「など言ひつつ」という乱暴な歌いぶりも、被災をまぬがれた栗木が、当事者ではない〈私〉は何を詠えばいいのか、詠うことすら「他者の驕り」ではないのか、とでもいうような心の「揺れ」をそのままにして、安易な修辞すら拒んでいるかのようである。

皿を汚すこともまるで罪悪とでも思ってしまう心象。皿に盛って昼餉できること、皿を汚してもすぐに水で洗い流せること、そんなことにさえ微かな罪深さを覚え、手を合わすということ。そこには、被災地から離れたところに住んでいる〈作者〉ができることは、「祈る」ことだけとでもいうような、もどかしい心の「揺れ」が読み取れる。

カップ麺というジャンクな食品でさえ、火と水があってはじめて食べることができるという発見、しかしそんな小さな発見は、〈作者〉が被災している人々を日ごろ想っているからこそゆえであろう。

これらの歌は、当事者ではない〈作者〉が被災した人々に対して「祈る」ことしかできない、切ない心情の「揺れ」をそのまま歌にした「機会詩」といえる。

年が明けて、心象はどう変化したか。

香り付きの12ロールを使ひ切るまで恥ぢてをり昨年の買ひ溜め

義援金を箱に入るればふと聞こゆ「手首のみにて球を放るな」

ボランティアの人ら撤退したれども春はめぐり来《く》さくらを連れて

トイレットペーパーを買い溜めてしまったことを恥じる心象は潔い。「手首のみにて球を放るな」というのも、募金をすればそれで気持ちがおさまるのか、それは偽善に過ぎないのではないか、とでもいうような心の「揺れ」を詠っている。

しかし、「ボランティアの人ら撤退したれども」はどうだろう。筆者は、栗木がボランティアとして東北の地に向かったのかどうかは知らない。けれども、ここには、心の「揺れ」がみられなくなった。一年たってボランティアが撤退してしまったことについて批判的な目でみる。そんな〈作者〉の「価値観の表明」が鼻につきはじめる。

震災の日より祈りはかたち持ち菱形の雲よ水仙の黄よ

同時期に詠まれた歌である。

皿を汚して手を合わせていた「祈り」と、この時期の「祈り」は変わってしまった。「祈り」

に「菱形の雲よ水仙の黄よ」という詩的修辞がついてしまった。ここに〈作者〉の心の「揺れ」はなくなってしまったと筆者は読む。この歌は作品のタイトルにもある水仙を詠っているので、栗木も思い入れがあろうし、これがこの歌集の代表歌となるのかもしれない。しかし、筆者はこの一首が秀歌とは思わない。震災直後の〈作者〉の心の「揺れ」をそのまま詠った数首に比べ、この歌は修辞が先にたっていまいか。

しかし、さらに時間がたち、わが国で原発について、脱原発か原発容認か、といった意見の対立がはっきりする頃になると、再び栗木の「機会詠」はいきてくる。歌にアイロニーが立ってくるのである。

原発なき未来を語る人のをりグラスの氷ゆびでつつきて

こうした歌いぶりは、アイロニーも効いていて、これは〈作者〉の心の「揺れ」を直截に詠ったものとはまた違う奥深さがある。

では、この歌で〈作者〉は「価値観の表明」をしているか。なるほど〈作者〉は、グラスの氷をゆびでつついている脱原発派をアイロニカルにとらえている。であるなら、〈作者〉は脱原発派にまるごとコミットしているというわけではなかろう。では、〈作者〉は原発容認派なのか。というと、そうともいえない。この歌からでは、そうした表明は読みとれない。つまり、ここでも〈作者〉は「揺れ」ているのである。原発容認なのか、脱原発なのか、「価値観の表明」をすることは難しい。その心の「揺れ」がアイロニーとして修辞されている。こうした歌いぶりは巧いと思う。心の「揺れ」を詩へと昇華させている一首とみる。

このような歌にこそ、筆者は「機会詩」としての短歌の強さをみるのである。

各受賞歌集を読む

小佐野彈『メタリック』（短歌研究社）

「第六十三回現代歌人協会賞」（二〇一九年）受賞歌集。著者は一九八三年生まれ。
小佐野はこの歌集で、オープンリーゲイ（ゲイであることを誰に対しても明らかにしていることを表す）としての〈主体〉を詠い、セクシャルマイノリティゆえの苦悩や哀切を表現した。

ママレモン香る朝焼け性別は柑橘類としておく　いまは
かげろふのやうにゆらりと飛びさうな続柄欄の「友人」の文字
ぬばたまのソファに触れ合ふお互ひの決して細くはない骨と骨
胸元に青いたしかな傷を持つあなたと父の墓石を洗ふ
憂国の男子はひとり窓辺にて虹の戦旗に震へてゐるよ
そしてまた新宿の夜　足元は（結婚しよう）ぐらぐらだけど

後ろ髪ひかれて僕は振り返るやっと昏んでゆく東京を

巻頭連作「無垢な日本で」から七首引いた。小佐野は、この連作で「第六十回短歌研究新人賞」を受賞している。〈主体〉がセクシャルマイノリティであるということの確信がもてれば、実は、作品のあちこちにオープンリーゲイとして生きる〈主体〉のわかりやすいモチーフが散りばめられている。

一首目。「性別」を柑橘類とする、と詠う。すなわち、男性でも女性でもない第三の属性、というのを打ち出していよう。二首目では、同性愛ゆえに「続柄」がクローズアップされている、と読める。三首目も、「決して細くはない骨と骨」と実に直截に同性愛の性愛を詠っている。四首目は、「墓石を洗ふ」で、血縁として子孫を残すことのできない、一代限りの「性」について暗示していよう。五首目。「憂国」からは三島由紀夫を連想させ、そのイメージとLGBTQの象徴であるレインボーフラッグを取り合わせて詩的拡大を狙っている。〈私性〉にとらわれない広い視点で社会性を射程に入れているのが見事である。六、七首目には、「新宿」「東京」のフレーズがある。小佐野は都市をうまく一首に取り組むことで、マイノリティである〈私性〉に拘泥することなく、広い視点で歌を構成することに成功している。そのうえ、小佐野の都市の扱いはとてもスタイリッシュだ。

ホームシックにはあらざれど薄墨の浮かぶこころで歩く西門《シーメン》

人名を背負ひていまや悦楽の渦となりたり旧サイゴンは

西門は、小佐野の仕事の拠点である台北市にある街の名。二首目のホーチミンには商用でいったのだろう。これらの作品は、アジアの街の猥雑さをうまく一首おさめているといえよう。鬱屈した心情を内にこもらせるのではなく、戸外へと、それも海外へと足を向けているところに、歌の開放性がある。

文体は文語脈で表記は旧かな。ところどころに、口語を挿入するのが現代的だ。ただ、詠みぶりは朗々として、表現も奇をてらうことはない。近代短歌より受け継いでいる短歌の本流を感じさせるのも受賞の理由のひとつであろう。

飛び去りてつひぞ戻らぬあのひとが天使だつたといまさら気づく
首筋にかける寝息の甘さもてあなたが夜をうつくしくする
ふくらみを持たぬふたりの半裸体歪ませながら日は昇りくる
むらさきの性もてあます僕だから次は蝸牛《くわぎう》として生まれたい
へその緒の話になれば黙り込むしかないわれら夜に集へり
この街の酸素を少し減らすため君とふたりで点すマルボロ

一、二首目。主題が明確になっているので、「あのひと」「あなた」がどういう性別で〈主体〉

とどういう関係であるのか、というのは明白だ。ＢＬ（ボーイズラブ）を想起させるような、甘やかな恋歌である。三首目、こちらもマイノリティの苦悩をわかりやすい表現で詠っている。「歪ませ」に〈主体〉の心象がよくあらわされていよう。四、五首目。蝸牛は雌雄同体であるから、安易な道具立てともいえる。しかし、赤と青を混ぜあわせて紫とするのは、なかなか詩的ではある。どちらもわかりやすいモチーフによって主題に迫るという手法といえよう。六首目、集うのは夜の街である。そうした猥雑さがこの歌の背景にはある。決して若々しい恋愛を謳歌することのない、夜の街に集わざるをえない屈折が読み取れよう。また、マルボロも巧い道具立て。もしかしたら、何かの符丁なのかもしれない。

小佐野の今回の歌集は、セクシャルマイノリティとしての〈主体〉が主に詠われていた。しかし、今後は、台湾に在住する異国からの発信や、若き実業家として世界のあちこちで仕事をこなす国際性、あるいは氏の出自など、まだまだ多様な主題による作品が期待できる歌人である。

藪内亮輔『海蛇と珊瑚』（角川文化振興財団）

「第四十五回現代歌人集会賞」（二〇一九年）受賞歌集。著者は一九八九年生まれ。

傘をさす一瞬ひとはうつむいて雪にあかるき街へ出でゆく

これまでに、いろいろな場で取り上げられている藪内の代表作。上句の的確な描写とともに、うつむくしぐさから生まれる有り余る抒情性。近代短歌の本流ともいえる詠いぶりながら、「うつむいて」と口語を挿入する現代性もある。

電車から駅へとわたる一瞬にうすきひかりとして雨は降る
春のあめ底にとどかず田に降るを田螺はちさく闇を巻きをり
うつくしく雨は上辺を濡らすのに傘の内臓なんだ我らは
眼の良きほどに遠くなる輪と思ひつつ視力検査の四月、雨の日

雨の歌から四首。一首目、下句の繊細な視覚による表現。また、句またがりによるちょっとしたアクセントも素敵。二首目、四句にある「ちさく」が構成上のポイント。ここをしっかり味わうことで、下句の比喩が生きる、という手法。三首目。三句「のに」で下句へつなげる。「内臓」というやや大胆な言葉を「なんだ」のやや乱暴な口語で受けているのが新鮮。四首目、視力の良いことを「ほどに遠くなる輪」と詠うのが、一首の発見といえる。結句は、「雨」にかかるコノテーションを信頼して抒情を引き出している。

一読して感じるのは、「調べ」の柔らかさだ。読んでとても心地よい「調べ」の安定感とともに、ときおり挿入される口語特有の新鮮さもあり、伝統と革新のどちらも手中に収めて詠っている感じだ。

続いて、花の歌。

花束の茎のぶんだけせり上がる花瓶の頸のあたりの水は
人であらば胴のあたりで切られゐつ花瓶の水に挿さるる花は
咲き終はるまでを誰にも見られずにゐたんだね花。それが愛しい

一首目、短歌的写生の本流のような作品。花束の茎を見せて、次に視点を花瓶へと移す。そして花瓶の「頸」に焦点をあてて一首構成する手腕が見事。二首目、こちらも花瓶の花を詠う。上句の発見が愉しい。三首目、現代的詠法による「調べ」が新鮮な作品。口語もやすやすと使いこなせる、といったやや見栄を切った歌。

藪内の歌は、雨、花、星といった抽象的な詩的素材を歌の材料として、それらの素材に張り付いている伝統的な短歌的抒情を上手にさばいて一首作り上げている、といった感じの歌が多い。よくある歌の素材をきっちり作品にまとめていく職人肌の作風だ。こうした歌作は、簡単そうでとても難しい。うっかりすると、どこにでもありがちな作品になってしまう。

ただし、怒りの言葉をぶつけた作品もある。

片翅に「死ね」片翅に「死ぬ」と書きはなつた蝶がどこまでも飛ぶ
君も私もクソムシでありそれでよく地平線まで星で星で星で

灰のやうに砕かれたこころであなたから最後に貰つたののしりをいとしむ
われのいかりは本を投げ捨て鉛筆を投げ捨てつひにわれを投げ捨つ

歌にある「怒り」。ただし、それは作品のための「作られた怒り」である。短歌の枠内で完結する箱庭のような「怒り」だ。こうした「怒り」を含んだ作品は、「調べ」もそれなりに崩している。しかしながら、それもまた〈作者〉による作為的な崩しだ。藪内としては、キレイな歌ばかり並べて、小さくまとまってしまうのを嫌ったのかもしれない。

川の面《も》に雪は降りつつ或る雪はたまゆら水のうへをながるる
桃ひとつ卓《テーブル》の上《へ》に割かむとす肉体といふ水牢あはれ
絶望が明るさを産み落とすまでわれ海蛇となり珊瑚咬む

一首目。雪の写生がひかる作品。ただし、雪を観察して一首詠む、というよりは、これまで詠われてきた雪のコノテーションを上書きして、抒情性を際立たせるという職人的手法ととらえたほうが、筆者にはしっくりくる。二首目もやはり、「桃」から受けるコノテーションから「肉体」の語を持ち出して、作られたエロスをたたえた一首と読める。三首目は、タイトルとなった作品。海蛇をわれとするなら、珊瑚とはいったい何か。

黒﨑聡美『つららと雉』（六花書林）

三冊目は、少しユニークな賞から。「第一回日本短歌雑誌連盟新人賞」（二〇一九年）受賞歌集。著者は一九七七年生まれ。

完全口語体の静謐な歌の数々。

花水木の幹の細さを見るきみはあかるい色の服を持たない
どこまでも二人のままで沈むよう耳のかたちをくらべる夜は

歌集に登場する人物は少ない。その一人が「きみ」。一首目、結句の言い切りで、少なからずの時間を「きみ」と共に過ごしていることがわかる。上句の静かな描写に、明るい服を持たない君への愛おしさが感じられる。二首目の耳のかたちを比べるという行為に、ほの淡いセクシャルな印象を持つ。このほの淡さが、この歌集の特徴だ。

〈作者〉の身の回りに取材し、日常を詠う。批評性や社会性へまなざしを向けるのではなく、静かな詩的世界を柔らかな修辞を使い描いている。何か大きな事件を詠うのではない。日常のほんのちょっとした出来事を、やや少し離れた場所から詠っている感じだ。

いもうとの気配を持った丸椅子を光のたまる部屋隅に置く

こんな夜に星をみようときみが言うきみが夫でよかったと思う
水たまりはきれいに消えてこの道にとびこえるものは何ひとつ無い
毎日を待ち続けている　帰宅したきみにふれてもそのあともまだ
きみまでの近道のようなこの雨に薄く汚れた傘をひらいた

一首目。妹の気配とは、果たしてどんな気配か。そんなわからないものを詠った一首。「光のたまる」というコロケーションもユニーク。真ん中ではなく隅に置くことで詩になっていよう。二首目、こんな夜とは、三月十一日の夜。震災で亡くなった方々への鎮魂と、きみのやさしさと、それを受ける〈主体〉の愛おしさという、ものすごく複雑な感情の重なる、切なくとも暖かな一首。三首目。下句の跳躍が素敵。もちろん実景としてだけではなく、とびこえるものが何ひとつ無くなってしまった、という〈主体〉の心象として読んでもよい。四首目、二句までのミステリアスな詠みかたが面白い。下句も口語短歌の処理の仕方として適切だ。ここでも「きみ」は「触れる」ところまでの対象として描かれている。五首目。上句を調べの良さでするすると読ませるものの、直喩はよくわからない。わからないまま、この詩的世界を味わえばよいのだろう。

次は、黒﨑の職場を詠んだ歌。

待合室はさいしょに暮れてさかさまに戻されていた雑誌を直す

カーテンをあければそこにひとつずつ古墳のようなうつぶせがある

宇都宮市に住み、さほど大きくはない治療院の医療事務のような仕事に就いているのが作品よりわかる。一首目は、「さいしょに暮れて」という詩的発見が素敵。一日の仕事の終わりは待合室の片づけなのだろう。「さかさまに戻されていた」という表現に、黒﨑の几帳面な詠いぶりと、調べの柔らかさがある。こうした、穏やかな描写が黒﨑の大きな資質だろうと思う。二首目。四句の愉しい比喩もさることながら、結句の「うつぶせがある」というコロケーションのずらしが面白い。たまに、こうしたずらしがあることで、詩的イメージが拡張される。

きみはまだ帰ってこない冬の夜にアコーディオンを弾く真似をする
汗ばんだ額にふれてそれからの押し寄せてくる街路樹の緑
やもりのような気配を持って家かげに停車しているパトカー一台
柿の木に梯子ひとつが掛けられて百年は経ったように青空
胸のなかに涼しく伸びる一本の道あらわれて夏至の夕べは
ながいながい晩年のような路地をゆくふくらみ光る木洩れ日のなか

一首目。下句の展開がかなり意外だが、なんとなくわかるなあ、と説得されてしまう作品。二首目。夏の一コマ。黒﨑は、この歌に限らず、季節感を詠うのがうまい。「押し寄せてくる」

の喩の前の三句目の「の」がこの歌のポイント。これで、下句が生き生きとする。三首目。わかりやすい比喩は直喩で持ってくるのがポエジーの原則。そんなお手本のような一首。四首目。結句の体言止めが鮮やか。これで読者のイメージに青空がパーッと広がる。五首目。「涼しく伸びる一本の道」という暗喩がまさしくのびやかである。夏の爽やかな空気感が伝わってこよう。六首目は、本歌集のなかでもとびきりの秀歌。初句の六音で韻律とともに長さを詠う。「晩年のような路地」とは、突き詰めてもわからない。読み手の詩的イメージが試されている。四句「ふくらみ光る」の詩的描写が美しい。そして、結句で優しく着地する、その優しさが黒崎の特質なのである。

大声で主張するわけではない、ほの淡い歌の数々。そうした作品を味わった後には、その静謐な詩的世界にすっかり心を奪われてしまうのだ。

「美味しい」を表現する方法

飲食は楽しい。

ボッチ飯とかダイエット中とか疾病での食事制限とかで楽しくないこともあるだろうけど、ふつうは楽しい。では、なぜ飲食は楽しいのか。というと、「美味しい」から、ということに尽きるだろう。ただの栄養補給が楽しいわけがない。「美味しい」から楽しいのだ。

だから、短歌では「美味しい」がきちんと表現されてこそ飲食の歌なのだ。そして、読者が、「ああ、うまそうだなあ」と思ったり、飲食の楽しそうな場面を頭に浮かべたり、口の中に唾をためてきたりして、「美味しい」気分になれれば、その作品は成功といえよう。

けど、味覚を言葉で表現するのは、ことのほか難しい。だって、「美味しい」ものは、「美味しい」としか言いようがないからだ。それでも、小説やエッセイだったら、言葉を尽くしてなんとか「美味しい」を表現することだろう。では、短歌ではどうやって表現したらいいだろう。

そういうわけで、本稿では、そんな短歌ならではの表現方法をみていこう。すなわち、「美味しい」を表現する方法だ。

方法その1～「見た目」を詠う

短歌で「美味しい」を表現するのに、わりと詠いやすいのは視覚に訴えることだ。要は「見た目」を詠うのだ。

うつすらと真珠色なる辣韮をかみつつ冷酒味はひてゐつ　篠弘『東京人』

ざく切りのキャベツちり敷く受け皿にまづバラが来てズリ、皮、つくね来　山下翔『温泉』

まるでそこから浮かび上がっているようなお菓子のそれでこそビスケット　土岐友浩『Bootleg』

一首目、初句二句からラッキョウへの愛が伝わる。「うつすら」と細かく詠っているところがいかにも短歌らしい表現だ。二首目、焼き鳥屋で、次々と「美味しい」ものが皿に載せられていく嬉しさをテンポよく表した作品。三首目、ビスケットのさくさく感をわざわざ「見た目」で表したという、そこそこ難易度の高い作品。

方法その2～「身体感覚」に応援を頼む

「美味しい」は味覚だ。これを言葉で表現するのが難しいのだ。そこで、他の感覚に応援を頼んで、「美味しい」を表現している作品をみていこう。

するすると喉《のみど》を下りてゆくときにわれをくすぐるラーメンサラダ　田村元『昼の月』

豆ごはんつぶりつぶりと食うてをり一粒ひとつぶ緑《あを》いなり　豆　河野裕子『歩く』

きりわけしマンゴー皿にひしめきてわが体内に現れし手よ　江戸雪『椿夜』

一首目は、いわゆる「のどごし」の感覚で、「美味しい」を表現した。二首目の上句は、いわゆる「食感」を独特なオノマトペで表現した。三首目はというと、これは不思議な感覚だ。皿にひしめいたマンゴーをみて体内から手があらわれたというのだ。ちょっと常人には想像できない「身体感覚」といえよう。

方法その3〜「比喩」を使う

「この○○の美味しさはまるで××のようだ」、とやれば、味覚も言葉で表すことができる、というわけだ。

こころよりうどんを食へばあぶらげの甘く煮たるは慈悲のごとしも　小池光『草の庭』

一服の濃茶《こいちゃ》ゆっくりいただけばわが裡ふかく森が生まれる　柊明日香『そして、春』

一首目、油揚げの「美味しい」を慈悲のようだ、とたとえた。二首目、濃茶を飲んだときの

「美味しい」を、体のなかに森が生まれるようだ、とたとえた。

さて、この比喩表現の応用技法として、飲食のもつコノテーションを利用する、というのがある。ここでいうコノテーションというのは、わかりやすい例でいうと、桃だったらエロス、とか、レモンだったら青春、とかだ。こうなってくると、ぐっと技法の難易度が上がる。しかも、ただ難しいだけではなく、例示したような凡庸なものだと非常に通俗的になる。けど、上手くハマれば、詩的効果は絶大だ。

鳥なりし時の記憶を今に持てばあしたわが食むエディブルフラワー　三井修『洪水伝説』
あたたかい十勝小豆の鯛焼きのしっぽの辺まで春はきている　杉﨑恒夫『パン屋のパンセ』
追憶が空気に触れる食卓の秋刀魚の光の向こうで会おう
堂園昌彦『やがて秋茄子へと到る』

一首目、食用花の彩やかさや瀟洒な感じといったコノテーションを利用して格調高く詠った作品。二首目、鯛焼きの素朴な暖かさといったようなコノテーションを利用して、すぐそばまで春が来ている様を詠っている。さらに十勝小豆で多幸感にダメを押した。三首目、焼いた秋刀魚の細身の姿や焼き色からくるコノテーションを利用して、光の様を詠った。

どうだろう。皆さん、「美味しい」気分になっただろうか。

あとがき

自分が「良い」と思う短歌作品の、その「良い」理由を存分に語りたい、というのが、評論をはじめとする各種文章を執筆する、いちばんの動機だ。

そして、できるのなら、その作品の「良い」理由を、〈作者〉の人となりとか、発表された当時の時代背景とかの、作品の外側に求めるのではなく、作品そのものを分析して語りたいと思っている。

そんな作品そのものの批評として、いわゆるテクスト分析の手法が有効ではないか、と思いながら、あれやこれや書いてきたというのが、本書におさめた各論ということになる。

テクスト分析の手法が万能だとは思わないし、そもそも、短歌のような短詩型文芸でホントにこの手法が通用しているのかどうかも、まだはっきりとしない。

けれども、自然主義文学に寄りかかっていた「作者＝主体」の近代短歌から、作品の虚構性が前提となっている「作者≠主体」の現代口語短歌へと、作品のなかの〈私性〉が移っていった現代の短歌の世界では、こうした手法で作品分析していくことで、より有用な議論ができるのではないか、という思いが筆者には強くある。

あるいは、広く現代社会に目を向けるなら、社会の成熟にともなって、他者の内面に踏み込んであれやこれや詮索することへの忌避が生じている風潮のあるなかで、いきおい短歌の世界でも、〈作者〉の心性に入り込むような批評は、はばかられるようにもなっていくのではないか。そうしたなかでもなお、作品を批評するのであれば、おのずと作品に叙述されていることだけを取り上げて論じる、という批評の方向へと傾いていくのではないかと思う。

そんな時代の風潮も踏まえつつ、今後は、作品の外側にある〈作者〉の属性とか、時代背景といったものを批評から切り離して、作品に叙述されていることだけを取り上げて批評する方向へと短歌批評も向かうであろう、とここで予想しておこう。

Ｉでは、そんなテクスト分析による批評の実践として、六本の評論を提出した。似たような議論が堂々巡りしている感じもしなくはないが、どの評論も書いていたときは、筆者にとっては切実なテーマであったし、また、短歌の世界ではこれまで議論されたことのなかった、それなりに提案性のある論述であるだろうと思っている。

もう少し、短歌史の流れのなかに、掲出した作品を落とし込むことができれば、より説得性のある議論になったと思うが、そこまでの力量は筆者にはなかった。いずれは、そんな論述ができるようになればいいと思う。

Ⅱは時評集。

筆者が時評をはじめて書いたのは、所属している「短歌人」の時評欄であった。二〇一九年だった。当時、どうやって書いたらいいのか、フォーマットもないまま手探りで執筆したのだけど、やっていくうちに、書き方のコツらしいものもつかめてきて、そうなると、主張したいことが次々に湧いてきて、途中から書くのが楽しくなってきた。

紙幅が限られているなかで、とにかく何らかの主張をしなくては執筆する意味がないだろう、と思いながら毎回書いた。時評だから、そのときどきの出来事を取り上げながらも、他方では、広く短歌の世界の課題と思われるところまで、できるだけ遠くに話題を飛ばしたつもりである。なので、そのときどきの出来事に関する話題の提供だけに終わらず、いくつかの問題提起はできただろうと思っている。

今回おさめた文章は、時期としては、コロナ禍の前からその最中の頃にあたる。ちょうど、私たちの生活が疫病で混乱していたときに、短歌の世界の話題を記録できたのもよかった。

Ⅲは歌論集。

筆者が、はじめて歌論らしきものを書いたのが、本書におさめた「心の『揺れ』をどう詠うか」だった。「短歌人」に入会して三年目の頃。それまで、歌論なんて真面目に読んじゃいなかったし、歌集一冊まるまる読んだ経験だって、ほぼなかったはずだ。一体、何をどう書けばよいのか、よくわからないまま書いて、恐る恐る発行所に送ったのだった。

そのうちに、短歌作品の読み方も何となくわかるようになり、短文の一首評や歌集評らしきものが書けるようになって、それじゃあ、試しにまとまった分量のものを書いてみようと思いたった。

そうして書いたのが「髙瀬一誌のエロス」で、これは、その年の「短歌人評論・エッセイ賞」に応募して、受賞をすることができた。歌論や評論というのは、自分の好きな歌人の好きな作品の、好きな理由を存分に書けばいいのだ、ということを、まとまった分量を書いたことで実感することができた。好きな作品の好きな理由を書くのだから、この評論を執筆していたときは、とても楽しい気分だった。

その他、本書におさめた歌論の大方は、決められたテーマをいただいて書いたものだが、こちらも、テーマに沿いながら、好きな歌人の好きな作品を取り上げたわけだから、書いている間はやはり楽しい気分だった。

短歌の世界には、昔も今も「良い」作品がいっぱいある。そんな「良い」作品の「良い」理由を、これからも様々な場で、存分に書いていければと思う。

まとまった分量が必要な評論についても、今のうちに書いておきたいテーマはいくつもある。

時評については、現在、筆者は、四つの媒体で定期的に書かせていただいている。それぞれに違った話題で、限られた紙幅のなかで書いているけど、全然、話題は尽きない。この先も、主張したいことが次々に湧いてくることだろう。

テーマ性のある歌論も書かせていただく機会が増えた。こちらも、できるだけ、作品をテクストとして読んで、叙述されていることだけを分析して、その作品の叙述が、どのように「良い」のか、その基準をきちんと明示して書けたらいいと思っている。

所属している「短歌人」「太郎と花子」「かぎろひ」には、いつも書く場を提供していただいている。こうして、今回、評論集をまとめることができたのも、書く場やテーマを提供していただいたおかげである。

そういうわけで、しばらくは書くことが尽きることはないから、これからも短歌の世界で、あれやこれやと書き続けることになるのだろう。

六花書林の宇田川寛之氏にはたいへんお世話になりました。感謝申し上げます。

桑原憂太郎

二〇二四年六月

初出一覧

Ⅰ　評論

現代口語短歌のリアリズムとは　（「短歌人」２０２２年12月号）

口語短歌による表現技法の進展（「短歌研究」２０２２年10月号〜第40回現代短歌評論賞受賞論文）

現代口語短歌によるリアリズムの技法　（「太郎と花子」24号、２０２２年11月）

短歌作品の「心内語」の効果と深化について　（「短歌人」２０２１年３月号）

現代口語短歌の〈私性〉　（未発表稿〜第39回現代短歌評論賞最終候補論文）

新しい「写生」の可能性　（「太郎と花子」23号、２０２１年11月）

Ⅱ　時評（２０１９年〜２０２２年）

短歌は大衆的であるべきだ、是か非か　（「短歌人」２０１９年１月号）

「基本的歌権」なんて放っておけ　（「短歌人」２０１９年３月号）

口語短歌の最前線の作品を読もう　（「短歌人」２０１９年５月号）

「わからない」っていうな　（「短歌人」２０１９年７月号）
社会を「じぶん歌」として詠う　（「短歌人」２０１９年９月号）
やっぱり顔が見えないと気持ち悪い　（「短歌人」２０１９年11月号）
結社が元気なら添削はなくならない　（「短歌人」２０２０年１月号）
一首評は作者の顔を浮かべないほうがいい　（「短歌人」２０２０年３月号）
ニューウェーブは短歌史を上書きできるか　（「短歌人」２０２０年５月号）
家で詠おう　（「短歌人」２０２０年７月号）
結社はコロナよりも強い　（「短歌人」２０２０年９月号）
ゴシップではなく業績の評価をせよ　（「短歌人」２０２０年11月号）
三つの短歌賞について　（「かぎろひ」２０２２年５月号）
動画的手法とは何か　（「かぎろひ」２０２２年７月号）
連作にテーマは必要か？　（「かぎろひ」２０２２年９月号）
機会詩の成熟化について　（「詩客」２０２２年６月）
「いい歌」の基準は自分で作れ　（「詩客」２０２２年９月）

Ⅲ

高瀬一誌のエロス　（「短歌人」２０１７年６月号）
「不条理」を読む愉しみ〜高瀬一誌の作品を中心に　（「短歌人」２０１８年４月号）

わからない歌、わかる歌　（「旭川歌壇」22号、２０２０年11月）
前衛短歌は勝ったか負けたか　（「短歌人」２０１８年11月号）
短歌の「異化」作用とは何か　（「太郎と花子」25号、２０２３年12月）
オノマトペ技法の最近の効用〜穂村弘『水中翼船炎上中』をテクストとして　（未発表稿）
心の「揺れ」をどう詠うか〜栗木京子『水仙の章』を読む　（「短歌人」２０１３年11月号）
各受賞歌集を読む　（「太郎と花子」22号、２０２０年11月）
「美味しい」を表現する方法　（「短歌人」２０２２年5月号）

桑原憂太郎（くわはらゆうたろう）

一九七一年、北海道旭川市生まれ。歌人。短歌結社「かぎろひ」代表。「短歌人」「太郎と花子」同人。二〇一四年、第一歌集『ドント・ルック・バック』で、第二十九回北海道新聞短歌賞受賞。二〇二二年、第四十回現代短歌評論賞受賞。現在、旭川歌人クラブ会長、北海道新聞「道内文学・短歌」欄担当、中川町短歌フェスティバル選者。

現代短歌の行方

2024年9月30日　初版発行

著　者――桑原憂太郎

発行者――宇田川寛之

発行所――六花書林
〒170-0005
東京都豊島区南大塚3－24－10　マリノホームズ1A
電話 03-5949-6307
FAX 03-6912-7595

発売―――開発社
〒103-0023
東京都中央区日本橋本町1－4－9　フォーラム日本橋8階
電話 03-5205-0211
FAX 03-5205-2516

印刷―――相良整版印刷

製本―――仲佐製本

定価はカバーに表示してあります
ISBN978-4-910181-70-7 C0095